Bianca

SU REINA DEL DESIERTO

Annie West

Editado por Harlequin Ibérica.
Una división de HarperCollins Ibérica, S.A.
Núñez de Balboa, 56
28001 Madrid

© 2019 Annie West
© 2020 Harlequin Ibérica, una división de HarperCollins Ibérica, S.A.
Su reina del desierto, n.º 2757 - 5.2.20
Título original: Demanding His Desert Queen
Publicada originalmente por Harlequin Enterprises, Ltd.

I.S.B.N.: 978-84-1328-777-5
Depósito legal: M-38640-2019
Impreso en España por: BLACK PRINT
Fecha impresion para Argentina: 3.8.20
Distribuidor exclusivo para España: LOGISTA
Distribuidor para México: Distibuidora Intermex, S.A. de C.V.
Distribuidores para Argentina: Interior, DGP, S.A. Alvarado 2118.
Cap. Fed./Buenos Aires y Gran Buenos Aires, VACCARO HNOS.

Capítulo 1

LA RESPUESTA es no.

El tono de Karim era más seco de lo habitual. La sugerencia del emisario de Assara lo había dejado atónito. Al parecer, a pesar de haber renunciado al trono de Za'daq cinco años atrás, seguía formando parte de la política de Oriente Medio.

Giró la cabeza para mirar por la ventana el lago de color zafiro y las verdes montañas suizas, pero el bello paisaje no lograba inspirarle calma como en otras ocasiones.

–Pero Alteza…

–Ya no uso ese título.

–Señor, al menos piénselo. Aún no ha escuchado las razones del Consejo Real.

Era un gran honor que le pidieran que ocupase el trono de Assara cuando él era natural del vecino reino de Za'daq, gobernado por su hermano.

Por supuesto, no aceptaría la corona, pero se preguntaba por qué el Consejo estaba buscando un nuevo jeque fuera de sus fronteras. ¿Y el heredero? Él sabía que el gobernante de Assara había muerto recientemente, dejando una viuda y un hijo…

De inmediato, interrumpió tal pensamiento. Pero no tan rápido como para disipar un sabor amargo en la boca.

–Por favor, Señor, le ruego que me escuche.

El emisario parecía angustiado y Karim sabía que temía fracasar en su misión. Si descubrían que lo había rechazado en unos minutos...

Conteniendo un suspiro, señaló uno de los sofás. Solía recibir invitados en la suite presidencial de su hotel, uno de los mejores del país, pero no se había imaginado las intenciones de tan indeseada delegación diplomática.

—Siéntese, por favor.

—Gracias, Señor.

El hombre inclinó la cabeza, por innata deferencia hacia los miembros de una familia real. Incluso los miembros que habían renunciado a su título y sus derechos.

Por un momento, estuvo a punto de revelarle la verdad y terminar con aquella farsa, pero había jurado no hacerlo. Su hermano, Ashraf, tenía suficientes problemas a los que enfrentarse en Za'daq y lo último que necesitaba era un escándalo. Su padre había creído que Ashraf, el hermano menor, era el resultado de una aventura de su madre y solo cuando el viejo jeque estaba a punto de morir descubrieron que Ashraf era, en realidad, el heredero legítimo.

Y él, Karim, el primogénito, el que había sido educado para ocupar el trono de Za'daq, era el hijo ilegítimo. Tras la muerte del jeque, Karim había renunciado a sus derechos al trono de Za'daq en favor de su hermano, pero solo ellos dos sabían la razón.

—El Consejo ha estado deliberando tras la trágica muerte del jeque —dijo el enviado.

Karim asintió. La muerte del rey de Assara había sido repentina.

—Pero hay un heredero, Abbas tuvo un hijo.

—Sí, pero es un niño. Si fuese un poco mayor, un

adolescente tal vez, podríamos nombrar un regente durante unos años, pero, dada su extrema juventud, el Consejo ha decidido de forma unánime que es mejor para el país encontrar un nuevo jeque.

—¿Van a desheredar al niño? —preguntó Karim, sorprendido. Su propio hermano habría perdido sus derechos si los ancianos del Consejo Real de Za'daq se hubieran salido con la suya.

—Nuestra Constitución es diferente de la de Za'daq, Señor. En Assara lo que proponemos es legítimo. La corona debe pasar de un hombre adulto a otro hombre adulto.

Karim asintió, aunque aquella no era su guerra. Solo estaba escuchando al emisario para que pudiese contarles a sus superiores que había hecho todo lo posible.

—Pero me imagino que habrá otros candidatos en Assara. No creo que tengan que buscar un jeque fuera del país.

Especialmente, a un hombre que le había dado la espalda a su propio reino. El emisario frunció los labios, tomándose su tiempo antes de hablar.

—No tengo que decirle que las deliberaciones del Consejo son estrictamente confidenciales.

—Naturalmente. Le aseguro que nada de lo que me cuente saldrá de esta habitación.

Sería más fácil terminar con la reunión y despedir al emisario, pero sentía curiosidad. Llevaba cinco años dedicado a su negocio de inversiones en lugar de gobernar un país, pero algunas cosas no morían nunca, como su interés por los asuntos de Estado.

—Aunque el jeque de Assara ha pertenecido a la misma familia durante más de ciento cincuenta años, otras familias importantes reclaman el derecho de

ofrecer candidaturas en momentos en los que la sucesión es complicada. El Consejo ha sugerido varios
nombres y el que tiene más posibilidades es Hassan
Shakroun.

El hombre hizo una pausa y Karim sabía por qué.
Shakroun era un matón a quien solo le interesaba el
engrandecimiento personal y el dinero, no su país.
Era lógico que el Consejo de Assara estuviese mane-
jando otras opciones.

–Veo que conoce a Shakroun.

–Nos vimos una vez –dijo Karim. Y eso había sido
más que suficiente.

–Francamente, Señor… –el hombre tragó saliva–.
El Consejo opina que no es el linaje lo que debe de-
terminar quién sea el nuevo líder de Assara, sino los
atributos personales.

Karim esbozó una sonrisa irónica. De él no conseguirían sangre real, aunque su madre hubiese pertenecido a una familia noble. Y, por lo que él sabía, su
verdadero padre provenía de una familia humilde.

–¿Buscan a alguien que esté a las órdenes del Consejo?

Había sido igual en Za'daq. Muchos consejeros,
amigos de su padre e influidos por el desdén que mostraba hacia su hijo menor, habían dificultado la sucesión. Las cosas habían mejorado, pero durante un
tiempo intentaron derrocar a Ashraf y sentarlo a él en
el trono. Esa era una de las razones por las que se
negaba a visitar su país, salvo para la boda de Ashraf.
La otra, que era mejor cortar todos los lazos en lugar
de anhelar lo que podría haber sido.

–En absoluto, Señor –la voz del emisario interrumpió sus pensamientos–. El Consejo quiere un líder
capaz, fuerte y preparado. Un hombre experto en di-

plomacia y en el arte de gobernar. Alguien que sea respetado por otros líderes de la región. Que no fuese de Assara evitaría las peleas internas entre familias rivales con interés en ocupar el trono.

¿Y él iba a ser el extraño que uniese a todas las facciones? El Consejo Real de Assara tenía una gran opinión de él si lo creían capaz de llegar al país, calmar a los clanes rivales y tener éxito como gobernante.

Una vez, Karim se hubiera sentido halagado por esa muestra de respeto de un gobierno vecino. Debía de haberlos impresionado años atrás, cuando ayudaba a su padre a gobernar Za'daq, intentando convencerlo para que implementase políticas de modernización.

Pero eso había sido entonces.

No podía aceptar la oferta, aunque los ciudadanos de Assara lo quisieran por sus propios méritos y no por su sangre real. Él tenía ahora una vida diferente, una vida que no había esperado, pero que le satisfacía. Durante treinta años había seguido un camino, pensando siempre en sus responsabilidades. Había sido diligente y honesto, un príncipe honorable y trabajador.

Hasta que la vida le había puesto la zancadilla.

Por un momento, volvió a ver unos preciosos ojos castaños, unos labios generosos. Volvió a ver sus esperanzas rotas.

Karim contuvo el aliento mientras intentaba apartar de sí ese recuerdo. Él solo era responsable de sí mismo y eso era lo que quería. Conocía bien la pesada carga de un título y no tenía intención de volver a pasar por eso.

—Por favor, transmita mi agradecimiento al Consejo Real. Es un honor que me hayan tenido en cuenta para un puesto tan noble –Karim hizo una pausa–. Pero me temo que mi respuesta sigue siendo no.

Safiyah estaba frente al espejo de la suite, intentando contener el pánico mientras trataba de decidir si era el vestido adecuado. Se había probado todos los que había llevado a Suiza, pero a todos les encontraba algún defecto y solo le quedaba aquel. Un vestido de estilo occidental, precioso, de una tela pesada que parecía casi negra. Hasta que daba un paso. Entonces brillaba como una hoguera.

Se mordió los labios, conteniendo una amarga carcajada. Negro y rojo, los colores del luto y el sacrificio. Qué apropiado. Ella conocía ambas cosas.

Safiyah sacudió la cabeza. No debería compadecerse de sí misma. En realidad, era más afortunada que mucha gente. Tenía salud, un hogar confortable y más dinero del que necesitaba. Y, sobre todo, tenía a Tarek.

La vida le había enseñado a erguir la cabeza y seguir adelante sin pensar en los problemas, aprovechar lo bueno y pensar en los demás antes que en sí misma.

Por eso estaba allí, para salvar a su país de un posible desastre.

Se acercó al balcón para admirar la espectacular vista del lago y las montañas. Era la primera vez que viajaba a Europa y lo miraba todo como embobada. Vivía rodeada de lujos en un palacio, pero aquellas montañas eran tan increíblemente verdes… Había visto fotografías, por supuesto, pero estar allí era diferente. Olía a lluvia, a flores silvestres.

En otras circunstancias se habría puesto unos tejanos y unas zapatillas deportivas y, después de dar esquinazo a sus guardaespaldas, habría ido a pasear. Se tomaría su tiempo mirando escaparates y luego iría al lago y se sentaría en la orilla para disfrutar del paisaje.

Pero las circunstancias no eran diferentes. Las circunstancias eran difíciles, posiblemente peligrosas si los miedos que la mantenían despierta por la noche se confirmaban y Hassan Shakroun ocupaba el trono de Assara.

No era una sorpresa que su corazón latiese acelerado. Demasiadas cosas dependían de esa visita y fracasar no entraba en sus planes. No podía entrar.

«Es normal estar nerviosa. Eso hará que te concentres en lo que tienes que decir y no te distraerás con ninguna otra cosa».

Ninguna otra cosa era «él», el hombre al que había ido a ver. Había esperado que no fuese necesario, que las cosas se solucionasen sin que ella tuviese que intervenir, pero se quedó horrorizada cuando supo que el emisario no había logrado convencerlo y que, por fin, tendría que hablar con Karim.

Pensar en él hacía que le temblasen las piernas.

«Eso es bueno. La adrenalina te mantendrá alerta y te dará valor».

Tomando aire, pasó las manos por la larga falda del vestido. Le temblaban, pero no habría apretón de manos, de modo que él no sabría lo nerviosa que estaba.

Pasase lo que pasase en ese encuentro no le revelaría su debilidad. Sería absurdo después de lo que le había hecho cinco años atrás.

Armándose de valor, Safiyah se dirigió a la puerta.

–Su Alteza, la jequesa de Assara.

El tono solemne del mayordomo la ayudó a controlar los nervios. Podía hacerlo, se dijo. En esos cinco años había dejado atrás a la auténtica Safiyah para ser lo que se esperaba de una reina: segura de sí misma, refinada y serena.

De modo que levantó la barbilla y, con una expresión calmada que ocultaba su nerviosismo, entró en la suite. Se detuvo enseguida, parpadeando para acostumbrarse a la penumbra. El mayordomo cerró la puerta y solo entonces vio la alta figura entre las sombras, al fondo del salón.

No podía ver sus facciones a contraluz, pero lo habría reconocido en cualquier sitio. Esa estatura, esa sensación de contenida energía, esa indefinible tensión en el aire.

Se le aceleró el pulso y le costaba respirar. Por suerte, era lo bastante madura como para saber que esa era la respuesta de su cuerpo a la presión de la situación. No tenía nada que ver con los sentimientos que había experimentado una vez.

—Esta visita es inesperada… Alteza.

—¿Lo es, Karim? —le preguntó ella, llamándolo por su nombre deliberadamente.

Él podría fingir que eran extraños, pero Safiyah se negaba a olvidar el pasado para calmar su conciencia. Su intención era intimidarla, pero no se rendiría mansamente. Había tenido cinco años para endurecerse desde el día que se conocieron.

—No te esperaba.

—Pensé que, siendo el propietario del hotel, te habrían informado de mi llegada.

—Yo estoy aquí para solucionar asuntos importantes, no para entretener a antiguos conocidos.

Como si ella no fuese importante, como si no hubiera significado nada.

Safiyah nunca había agradecido tanto las lecciones

de autocontrol. Sus palabras la desgarraban por dentro, atravesando ese rincón en el que seguía siendo la chica inocente que había sido una vez, la que creía en el destino y en los finales felices.

El dolor era como una daga, pero respiró despacio, intentando calmarse.

—Mis disculpas por interrumpir tus importantes negocios —le dijo, enarcando una ceja.

Su vocecita interior le decía que no lo enfadase. Estaba allí para convencerlo, para persuadirlo.

—¿A qué le debo este honor?

El tono irónico dejaba claro que no la había invitado a entrar en su santuario. Su orgullo herido hizo que quisiera replicar agriamente, pero contuvo el impulso. Le debía a Tarek conservar la calma.

—Tengo que hablar contigo.

—¿Sobre qué?

Karim no se había movido, como si prefiriese mantenerla en desventaja al no poder verlo con claridad.

—¿Puedo sentarme? —le preguntó, señalando un grupo de sofás situado frente a la chimenea.

—Por favor.

Safiyah se sentó elegantemente sobre uno de los sofás y se alegró de hacerlo porque cuando él dio un paso adelante le temblaron las rodillas.

Karim era aún más atractivo que antes. Los años le habían dado madurez a su rostro, pero su boca seguía siendo sorprendentemente sensual. El pelo negro como la noche, más corto que antes, reforzaba el poder de unas facciones profundamente viriles y el brillo de sus ojos, de color verde musgo, era tan intenso que temía que pudiese ver bajo esa fachada de serenidad.

El traje de chaqueta oscuro, evidentemente hecho a medida, reforzaba esa aura de poder. La camisa blanca destacaba el tono dorado de su piel y Safiyah tuvo que hacer un esfuerzo para no mirar el retazo de piel morena que se vislumbraba bajo los dos primeros botones desabrochados.

Se quedó sin aliento, sintiendo que le ardían las mejillas. No quería sentirlo, daría cualquier cosa por no sentir aquello y estuvo a punto de levantarse y salir de la suite. Cualquier cosa antes que enfrentarse con esos sentimientos.

Aquello no podía pasar. Durante mucho tiempo se había dicho a sí misma que todo había sido producto de una fantasía adolescente…

–Mis condolencias por la muerte de tu marido.

«Su marido». Esas palabras calmaron el insidioso calor entre sus piernas, dejándola avergonzada.

¿Cómo podía responder así ante Karim cuando había enterrado a su marido unas semanas antes? Abbas no había sido el marido perfecto. De hecho, había sido frío y exigente, pero le debía respeto a su memoria.

Karim se sentó frente a ella, estirando las piernas en relajada actitud. Pero sus ojos contaban otra historia. Su mirada era afilada como la de un ave de presa.

Se quedó en silencio, esperando. Ninguno de los tópicos tras los que se había escondido durante las últimas semanas la protegería del sentimiento de culpabilidad. Un sentimiento de culpabilidad que temía que Karim, con su irritante percepción, pudiese adivinar. Se sentía culpable porque tras la muerte de Abbas se había sentido aliviada.

No porque se alegrase de la muerte de su marido, sino porque su desaparición la había hecho sentirse liberada, como un animal salvaje en cautividad que veía de repente la libertad. Al fin podría retomar el control de su vida y la de Tarek, al fin podría ser feliz.

Pero era demasiado pronto para soñar con la libertad. Habría tiempo para eso cuando supiera que Tarek estaba a salvo.

–Estoy esperando a que me digas la razón de tu visita.

Safiyah torció el gesto. Le sorprendía que el brusco tono de Karim aún tuviese el poder de hacerle daño, pero para que le doliese tendría que importarle y había dejado de importarle mucho tiempo atrás. No significaba nada para ella. Karim había fingido quererla, pero tenía otros planes; unos planes que no la incluían a ella. Había sido una pantalla de humo o, peor aún, una simple diversión.

Safiyah levantó la barbilla y lo miró a los ojos, decidida a terminar con aquello lo antes posible.

–Quiero que aceptes la corona de Assara.

Capítulo 2

QUIERES que me convierta en el jeque de Assara?

Karim frunció el ceño. Antes de aquel día hubiera dicho que nada era capaz de sorprenderlo, pero estaba equivocado. Pensaba que Safiyah había ido a verlo solo por egoísmo, por interés. Pensaba que había ido a convencerlo para que no aceptase el trono.

¿No debería estar buscando la forma de preservar la corona para su hijo?

–Sí, eso es exactamente lo que quiero.

Karim miró a esa mujer tan serena, tan hermosa. Aquel día estaba siendo irreal, pero ver a Safiyah de nuevo era extraordinario.

El momento en el que entró en la suite fue como si el tiempo se detuviera. Como si todo fuese a cámara lenta.

La joven tímida a la que conoció cinco años antes había desaparecido y no le sorprendía. Sabía que sus miradas inocentes y su discreto ardor habían sido tácticas para llamar su atención. La auténtica Safiyah era mucho más calculadora y pragmática de lo que había pensado, pero el cambio en ella era asombroso. Había entrado en la suite como si fuera suya, exigiendo que le ofreciese asiento como si fueran dos extraños o tal vez viejos amigos, exigiendo que hiciese lo que ella quería.

Esos cinco años siendo la adorada reina de Assara le habían dado una nueva confianza en sí misma. Tenía un aspecto radiante, aunque no era solo eso lo que le afectaba. ¿Tenía esa figura tan asombrosa cuando se conocieron? Entonces solía usar colores discretos y ropa ancha, seguramente para dejar claro que era la «buena chica» que su padre le había jurado que era. La antítesis de las seductoras sirenas con las que solía acostarse su hermano.

El vestido que llevaba aquel día la cubría de la cabeza a los pies, pero el brillo de la tela que envolvía esas generosas curvas lo hacía tremendamente provocativo. Incluso el suave frufrú cuando cruzó las piernas le pareció sugerente.

Su rostro era llamativo más que bello, con una piel sin mácula, más clara que la suya. Los ojos castaños, el pelo oscuro, liso, con alguna mecha cobriza, y unos labios que una vez…

–¿Por qué quieres que acepte el trono? ¿No vas a luchar por los derechos de tu hijo?

–Tarek es un niño. Aunque el Consejo pudiera nombrar un regente, no creo que haya muchos hombres dispuestos a aceptar el trono para luego dejarlo dentro de quince años.

Un hombre honorable lo haría, pero Karim no se molestó en decirlo en voz alta.

–¿Por qué no dejas la decisión al Consejo Real? ¿Por qué interferir? ¿Tanto deseas volver a casarte?

Safiyah palideció y Karim disimuló un gesto de satisfacción al ver que el dardo había dado en la diana. Porque odiaba cómo lo hacía sentir. Safiyah despertaba emociones que había creído muertas y enterradas. Dolor, incredulidad, impotencia. Eso era lo que había sentido esa noche y, durante esa crisis en su vida, su deslealtad había sido el peor insulto para un hombre que lo había perdido todo.

Pero al ver la repentina aparición de un hoyuelo en su mejilla la satisfacción se esfumó. Años antes, Safiyah tenía la costumbre de morderse el carrillo cuando estaba nerviosa, pero dudaba que los nervios tuvieran algo que ver con ese gesto. Tal vez estaba intentando ganarse su simpatía…

Karim se sintió avergonzado de repente. Él nunca había sido tan mezquino como para alegrarse ante la angustia de otra persona, aunque fuese fingida.

—Yo no… —Safiyah hizo una pausa, como si le costase hablar—. No estoy buscando otro marido.

¿Porque había amado a Abbas profundamente? No, eso no podía ser porque, supuestamente, unos meses antes de su matrimonio con el rey de Assara estaba enamorada de él.

Apretó los dientes, desconcertado. Sus sentimientos por ella parecían socavar su proceso mental. Había aprendido a pensar con claridad, a desconectar de las emociones, a no sentir demasiado. Su reacción ante Safiyah era algo extraño para un hombre famoso por su sereno temperamento, su consideración hacia los demás y su reflexiva naturaleza.

—No es así como se hacen las cosas en Assara —agregó Safiyah—. El nuevo jeque será nombrado por el Consejo Real y no tiene que casarse con la viuda de su predecesor.

No podía haber dejado más claro su desinterés y eso fue como una puñalada para el orgullo de Karim. Una vez había recibido sus atenciones con alegría, pero entonces era el heredero al trono de Za'daq, el primogénito de una familia de noble linaje.

¿Qué será de ti cuando el nuevo jeque sea coronado?

—¿De mí? —Safiyah lo miró con gesto de sorpresa—.

Tarek y yo nos iremos del palacio y viviremos en otro sitio.

«Tarek. Su hijo».

Él se había imaginado que algún día Safiyah le daría un hijo...

Karim apartó de sí tal pensamiento. No sabía qué le pasaba. Había enterrado esos sentimientos durante años, pero al parecer no habían desaparecido del todo, esperando asomar la cabeza cuando menos se lo esperaba.

Agitado, intentó concentrarse en el problema que tenía entre manos, decidido a encontrar una solución.

—Si no tienes interés personal en el nuevo jeque, ¿por qué has venido a verme? El emisario del Consejo Real de Assara estuvo aquí hace un par de horas. ¿No confías en que haya hecho bien su trabajo?

Karim sabía algo sobre la política de Assara y estaba seguro de que el antiguo jeque no habría permitido que su esposa desempeñase un papel importante en asuntos de Estado, de modo que el comportamiento de Safiyah era extraño.

—Yo no quería involucrarme —empezó a decir ella en voz baja—. Pero era mi deber venir, por si acaso. El Consejo desea convencerte y acordamos que, si fuera necesario, yo añadiría mis argumentos.

—¿Y qué argumentos son esos?

—Assara te necesita...

—En caso de que no te hayas dado cuenta, yo ya no dedico mi vida al servicio público.

Safiyah frunció los labios en un gesto decidido que era nuevo para él. A los veintidós años había sido una chica ingenua e ilusionada que aceptaba cualquier cosa que él sugiriese.

Pero eso había sido cinco años antes.

–Podría hablar de las riquezas y los honores que recibirías si aceptases ocupar el trono.

–Eso no me interesa.

Las riquezas y el glamour de un título real no iban a convencerlo. Él sabía que ser un jeque significaba una vida entera de deberes y responsabilidades. Además, tenía más dinero del que podría gastar.

–Lo más importante de todo es que serías un buen líder –siguió Safiyah–. Tienes las cualidades que necesita mi país: eres honesto, justo y trabajador. La élite política te respeta porque saben que estás interesado en el bienestar de la gente. Todo el mundo sabe que fuiste tú quien empezó con las reformas en Za'daq.

Karim enarcó una ceja. Podría pensar que estaba intentando halagarlo para que aceptase el puesto, pero su expresión no era lisonjera.

–Eso fue hace mucho tiempo.

–Los nobles confían en ti, la gente confía en ti. Tus cualidades y tu experiencia serían muy útiles –insistió ella–. Y solo han pasado unos años desde que desapareciste de la vida pública.

Cinco años desde que se fue de su país y le dio la espalda a todo lo que había conocido, pero solo ahora empezaba a sentir que estaba acostumbrándose a su nueva vida.

Safiyah se inclinó hacia delante y, por primera vez desde que entró en la suite, no parecía consciente de su lenguaje corporal. Karim vio el brillo de sus ojos castaños y supo que, fuese cual fuese la razón de su visita, era muy importante para ella.

–Naciste para hacer eso y sé que serías un líder extraordinario.

Abruptamente, Karim se echó hacia atrás. Esas palabras habían destruido el hechizo.

–Da igual lo que hubiese nacido para hacer –le espetó–. He renunciado a todo eso.

Porque no era el hombre que todo el mundo creía que era, sino el hijo bastardo de una reina infiel y su amante.

–Assara necesita desesperadamente un gobernante que sea capaz de unir al país, especialmente ahora que los clanes rivales están creando disensión. Todos quieren poner a su hombre en el trono.

Karim se encogió de hombros.

–Uno de ellos será elegido y los demás tendrán que aguantarse. Tal vez habrá dificultades durante algún tiempo, pero eso pasará.

–Pero tú no te das cuenta…

Safiyah se miró las manos, angustiada. Karim vio que se mordía el carrillo y, absurdamente, ese gesto lo conmovió.

–¿Qué es lo que no me estás contando, Safiyah? ¿Cuál es el problema?

Era la primera vez que la llamaba por su nombre y eso pareció afectarla, pero él no era tan tonto como para dejarse embrujar por una mirada de angustia.

Una angustia que desapareció enseguida, reemplazada por una máscara ensayada compuesta.

–Tú eres el mejor candidato, mucho mejor que los demás. El país necesita un líder fuerte y honesto que trabaje para los ciudadanos.

Karim se quedó pensativo. ¿Estaba dando a entender que su marido no había sido un buen gobernante? Esa idea lo intrigó y despertó su interés por hacer algo que mereciese la pena. Algo más importante que amasar una fortuna.

Karim frunció el ceño. ¿Cómo había adivinado Safiyah que eso podría tentarlo?

Él disfrutaba del reto de expandir su negocio, del tira y afloja de las negociaciones. Hacía falta habilidad, dedicación y sentido de la oportunidad. Pero ¿era tan satisfactorio como el trabajo para el que había sido formado, gobernar un país?

Pensar que Safiyah lo conocía mejor de lo que él se conocía a sí mismo lo enfurecía. Aquella mujer lo había desdeñado cuando descubrió que era hijo ilegítimo. Había creído en ella, pero Safiyah le había dado la espalda sin despedirse siquiera y lo exasperaba que le hiciese dudar de sus propias decisiones.

¿Qué había de malo en vivir su vida, pensando solo en sus propias necesidades? Que otros dedicasen su vida al servicio público. Él ya había cumplido con su obligación y Assara ni siquiera era su país.

Karim se echó hacia atrás en el asiento, enarcando las cejas.

—Pero yo no soy un candidato, ya he dejado eso claro.

Estuvo a punto de levantarse para dar por terminada la entrevista, pero algo se lo impidió. Tal vez el dolor que había sentido cuando Safiyah lo abandonó.

—A menos que…

—¿A menos qué?

Ella lo miraba con los labios, esos labios de color cereza, entreabiertos. Karim recordaba esos labios apretados contra los suyos en un beso casi inocente. Entonces sin carmín y suaves como pétalos de rosa. Ese ardiente y torpe beso lo había encantado y preocupado a la vez. Porque, por mucho que la desease, sabía que no debía seducir a una chica inocente, aunque estuviesen a punto de casarse. Especialmente una chica inocente que, junto con su padre, era una invitada en palacio.

Safiyah había sido todo lo que un hombre querría en una esposa: generosa, inteligente, ingenuamente seductora e increíblemente sexy. Ella fue la razón por la que, al fin, había decidido aceptar las demandas de su padre de que contrajese matrimonio.

–A menos que haya algún otro aliciente.

Estaba tan cerca que podía ver los puntitos de color ámbar en sus ojos castaños e inhalar el aroma de su piel. Un perfume floral, delicado, con un matiz seductor que era único, exclusivo.

Esa fragancia lo llevó de vuelta a un tiempo cuando lo tenía todo. Entonces era un príncipe, seguro de su posición, de su sitio en el mundo, de su familia. Disfrutaba de su trabajo, ayudando a su padre a gobernar Za'daq, y estaba a punto de casarse con una joven inocente y entregada…

–¿Qué clase de aliciente? –le preguntó ella.

Karim se dijo a sí mismo que debería dejarlo. No tenía intención de seguir adelante, pero entonces se oyó decir:

–Un matrimonio.

¿Un matrimonio? No estaría pensando en casarse con ella. No, era absurdo. Sin embargo, Safiyah sintió un cosquilleo en sitios turbadores.

–Eso no será un problema –dijo por fin, intentando esbozar una sonrisa–. Supongo que muchas mujeres de Assara estarían dispuestas a casarse contigo.

Karim no necesitaba una corona para resultar atractivo. Era guapo, elegante y encantador. O lo había sido cinco años antes. Era lógico que, tan inexperta a los veintidós años, se hubiera creído enamorada, pensando que sus atenciones significaban algo especial.

–No necesito elegir cuando hay una elección evidente –dijo Karim, con esa voz de barítono que le producía estremecimientos por todo el cuerpo–. La reina de Assara.

Safiyah pensó que había oído mal. Porque no podía ser...

–¿Qué estás diciendo?

–Tú, Safiyah.

–¿Yo?

Una vez había creído que quería casarse con ella, que le importaba. Su padre y el padre de Karim también lo habían creído. Entonces se alojaban en el palacio real de Za'daq, pero, cuando tuvieron que volver a Assara por una emergencia familiar, todo se desmoronó. No había podido despedirse personalmente de Karim y él no había respondido a sus llamadas. No había intentado ponerse en contacto con ella desde entonces. Nada, ni una sola palabra. Y, cuando llamó al palacio para hablar con él, la habían rechazado sin contemplaciones.

Entonces, tras la muerte del jeque y para asombro de todos, Karim había renunciado al trono de Za'daq y se había ido del país. Incluso entonces esperó, negándose a creer que la había abandonado. Los días se convirtieron en semanas, las semanas en meses. Y ni una sola palabra. En esos meses, su fe en él se había convertido en dolor, incredulidad y, por fin, ira.

Pero incluso en aquel momento, acorralada por las circunstancias, en el fondo de su corazón había esperado que Karim...

–¿Safiyah?

Ella miró sus ojos sombríos. Una vez había visto afecto en ellos. Ahora no veía nada más que una frialdad que la helaba hasta los huesos.

–¿Estás diciendo que quieres casarte conmigo? –le

preguntó cuando por fin pudo controlar sus cuerdas vocales.

–¿Querer? –Karim frunció el ceño, mirándola con expresión calculadora–. No se trata de eso.

Safiyah irguió los hombros. No iba a dejar que adivinase cuánto le dolía su indiferencia, pero se le había encogido el corazón porque, a pesar de su rechazo cinco años antes, en el fondo se había agarrado obstinadamente a la idea de que Karim la quería.

–Ningún hombre sensato querría casarse con una mujer que le dio la espalda y desapareció como un ladrón en la noche.

Safiyah se quedó atónita al ver cómo retorcía el pasado. ¿Cómo se atrevía? Esa última noche en el palacio de Za'daq habían recibido una noticia devastadora: su hermana había intentado suicidarse. Por supuesto, su padre y ella habían vuelto a Assara inmediatamente. Safiyah había pensado que tendría oportunidad de explicárselo personalmente, pero Karim no había respondido a sus llamadas. Le había hecho creer que le importaba cuando era mentira y ahora daba a entender que todo había sido culpa suya.

–Espera un momento. Yo no…

–Todo eso da igual ya. El pasado está muerto y no merece la pena hablar de ello –la interrumpió él–. No se trata de «querer», sino de ser sensatos.

–No te entiendo.

Safiyah no iba a rebajarse discutiendo el pasado. Tenía razón, todo había terminado. Además, en realidad había sido una suerte descubrir la verdadera naturaleza de Karim antes de casarse con él.

–No hay ninguna razón para que nos casemos.

–Yo no estoy de acuerdo. A pesar de lo que dicen las leyes de tu país, soy un extranjero, un desconocido para tu gente. Tú misma has dicho que hay rivalidades entre los clanes. Para superar todo eso, el nuevo gobernante debe tener un lazo con Assara. ¿Y qué mejor forma de mostrar respeto por el país y dar sensación de continuidad a la corona que casarse con la reina?

Salvo que dicha reina haría cualquier cosa para evitar ese matrimonio. Fuese por orgullo o por instinto de supervivencia, estaría loca si aceptase.

–No estoy de acuerdo –dijo Safiyah–. Con el apoyo del Consejo Real, hasta un desconocido, especialmente uno con tu experiencia y tu apellido, sería capaz de conseguir la aprobación de la gente.

–Pero si me caso contigo tu hijo no sería desheredado y eso aseguraría la continuidad de la dinastía.

Safiyah se quedó en silencio durante unos segundos.

–¿Quieres decir que Tarek sería tu heredero? ¿Lo adoptarías?

–No tengo intención de arrebatarle sus derechos, aunque la Constitución lo permita.

Había algo peculiar en su tono, algo que despertó su curiosidad. Pero…¿qué era? Estaba a punto de preguntar, pero se dio cuenta de que no sería prudente. Si quería que Karim aceptase el trono de Assara no era el momento de hacer preguntas.

Y por eso no rechazó su proposición inmediatamente. Necesitaba tiempo para convencerlo de que ese matrimonio sería innecesario.

–¿Estás diciendo que si acepto casarme contigo tú aceptarías ocupar el trono de Assara?

–Estoy diciendo que si te casas conmigo tomaré en consideración la idea de aceptar el trono.

Safiyah sintió que el aire escapaba de sus pulmones. Aunque aceptase aquel matrimonio, podría no ser suficiente para convencerlo.

Ella no era particularmente orgullosa, pero odiaba que Karim la hiciera sentir como si no tuviese importancia. ¿Cómo se atrevía a pedirle que se casase con él, dejando claro que ni siquiera ese sacrificio podría ser suficiente? Aunque, en realidad, no era una petición, sino algo así como una cláusula en un contrato.

Safiyah sintió que le ardía la sangre. Quería decirle que era un imbécil, un arrogante insufrible. Su matrimonio le había enseñado que las familias aristocráticas no eran más perfectas que cualquier otra. Si acaso, su habilidad para amasar riquezas y conseguir la obediencia de todos acrecentaba sus defectos.

Pero no podía permitirse el lujo de decir lo que pensaba. El futuro de Tarek, su seguridad, estaban en juego. Y también el futuro de su país.

–¿Qué dices, Safiyah? ¿El bienestar de tu país es incentivo suficiente para casarte de nuevo? –le preguntó Karim, arrellanándose en el asiento.

Safiyah había esperado persuadirlo sin hablarle de sus miedos porque no tenía pruebas. Pero ¿qué pruebas podía tener hasta que fuese demasiado tarde? Pensar eso hizo que se le encogiese el estómago.

–Hay otra razón importante para que aceptes el trono. Uno de los candidatos, Hassan Shakroun…

–Todo eso me lo ha contado el emisario –la interrumpió él.

¿Y ella, la reina de Assara, no tenía opiniones que ofrecer? Tal vez creía, como Abbas, que no había sitio para las mujeres en el mundo de la política. O tal vez se mostraba impaciente porque su proposición no le había hecho dar saltos de alegría.

Safiyah estaba convencida de que la vida de Tarek estaría en peligro si Shakroun ocupaba el trono y las cosas que había descubierto últimamente hacían que se le helase la sangre ante la idea de verlo en el palacio. Shakroun no dejaría vivo a un rival con sangre real, aunque fuese un niño.

—Pero tienes que escucharme —le dijo, con un nudo en la garganta.

—No tengo que escuchar nada. Tú has venido a mí, no al revés. No tengo intención de aceptar el trono, pero lo tomaré en consideración si estás dispuesta a contraer matrimonio.

Safiyah tomó aire, buscando una semblanza de calma. No se podía creer la dirección que había tomado la conversación, que estaba convirtiéndose en una pesadilla.

Estaba a punto de ignorar las advertencias y hablarle de sus miedos, pero su expresión la detuvo. Karim no se parecía a Abbas, pero reconoció la actitud belicosa de un hombre que había tomado una decisión. Y no un hombre cualquiera, sino uno criado para esperar obediencia, como su difunto marido. No podía arriesgarse a que Karim rechazase la corona, de modo que eligió sus palabras con cuidado.

—Yo también necesito tiempo para pensarlo.

Karim enarcó una ceja, como sorprendido de que no aceptase su proposición inmediatamente. Pero la idea de estar atada en matrimonio a cualquier hombre, especialmente a él, la llenaba de temor.

—¿Tú necesitas tiempo?

Su tono dejaba claro que le parecía inexplicable.

—Parece que los dos necesitamos tiempo —dijo Safiyah, sosteniéndole la mirada. No iba a dejarse acobardar y tampoco iba a traicionarse a sí misma.

—Muy bien, entonces nos veremos mañana a las nueve —anunció Karim—. Muchas cosas dependen de tu respuesta.

Capítulo 3

ME PARECE muy buena idea –le dijo Ashraf, por teléfono–. Aceptar la corona de Assara es la solución perfecta.

Karim frunció el ceño mientras se secaba el torso sudoroso con una toalla. La visita de Safiyah lo había dejado tan inquieto que había tenido que calmarse en el gimnasio, pero el ejercicio fue interrumpido por la llamada de su hermano.

–¿La solución perfecta para quién?

–Para todos.

Ashraf lo había llamado durante el fin de semana y era raro que volviese a llamarlo tan pronto, de modo que debía de tratarse de algo importante. No hablaban todos los días, pero había un lazo de genuino afecto entre los dos, algo extraordinario, ya que su padre siempre había intentado separarlos. El viejo jeque, creyéndolo hijo de otro hombre, había desatendido al pequeño, concentrando toda su energía en su hijo mayor. No porque él le importase, el viejo era incapaz de querer a nadie, sino porque él, como primogénito, sería formado para ser el futuro jeque de Za'daq.

Si no fuese tan doloroso, Karim se habría reído cuando descubrió la verdad, que el jeque había elegido al hijo equivocado, que Ashraf era su verdadero hijo y él, el bastardo.

–Yo no necesito un trono, Ashraf, tú lo sabes mejor que nadie.

Asediado primero por el emisario del Consejo Real de Assara y luego por la única mujer con la que había querido casarse, estaba de mal humor. Que Safiyah creyese que aún le importaba lo suficiente como para convencerlo era exasperante y haría falta algo más que una hora en el gimnasio para calmarse.

Karim miró la lluvia caer al otro lado de los ventanales, las montañas envueltas en nubes. Normalmente solía encontrar paz en un largo paseo a caballo, pero no tenía caballos allí. Y aunque los tuviese, no sometería a un pobre animal a ese chaparrón solo para tranquilizarse.

—Ya sé que no necesitas un trono –dijo Ashraf–. Parece que te gusta ser un empresario independiente, por no hablar de la libertad de tener amantes sin despertar expectativas.

Karim frunció el ceño de nuevo. ¿Su hermano se arrepentía de haberse casado? Ashraf y Tori estaban locos el uno por el otro, pero…

—¿Qué ocurre? ¿Echas de menos tus días de soltero?

Ashraf soltó una carcajada.

—En absoluto. Nunca había sido más feliz, aunque me gustaría que vinieras a visitarnos más a menudo.

Era una discusión que tenían con frecuencia, pero Karim no quería volver a Za'daq. Su hermano era un gobernante estupendo, pero seguía habiendo facciones que no querían ser gobernadas por el hijo menor del antiguo jeque.

—No empieces, Ashraf.

—Lo siento, prometí no volver a mencionarlo.

—¿Por qué no me dices qué es lo que pasa? Sé que has llamado para convencerme de que acepte el trono de Assara. ¿Por qué?

–Por puro interés –respondió Ashraf–. La vida sería mucho más fácil en Za'daq si Assara tuviese un gobierno estable.

Karim no podía discutir ese argumento. Los dos países compartían frontera y lo que afectaba a uno terminaba afectando al otro.

–Si Shakroun se convierte en jeque habrá estabilidad –arguyó Karim. No le gustaba ese hombre, pero eso era irrelevante.

–Eso es lo que me temo, que se aferre al poder.

–¿Por qué? ¿Crees que intentará provocar alguna revuelta?

–Hemos descubierto ciertas cosas sobre las actividades de Shakroun.

–Yo no he oído nada.

A pesar de haberse ido de Za'daq, Karim seguía a diario los informes de prensa de la región. Sabía que su interés por asuntos que había dejado atrás era un error, pero no podía evitarlo. Le interesaba la política de la zona en la que había nacido. Después de todo, lo habían educado para eso.

–Porque aún no se ha publicado nada. ¿Recuerdas a esa camarilla de secuestradores que detuvimos en la frontera?

–¿Cómo iba a olvidarlo?

Años antes, la frontera entre Assara y Za'daq estaba controlada por un criminal llamado Qadri que gobernaba la zona con violencia e intimidación y uno de sus negocios más lucrativos había sido la trata de blancas entre los dos países. Antes de convertirse en la esposa de Ashraf, Tori había sido secuestrada por esos criminales y Qadri había intentado ejecutar a su hermano.

–Aún no tenemos pruebas suficientes, pero sabemos que el cómplice de Qadri era Hassan Shakroun.

–Entiendo –murmuró Karim. No sabía que Shakroun fuese un criminal, pero lo había sospechado–. ¿Estás seguro?

–Tenemos indicios, pero por el momento la policía no puede presentar cargos. Necesitan pruebas irrefutables y no es fácil conseguirlas. Shakroun encarga a otros el trabajo sucio y nadie se atreve a decir nada porque los pocos que se atrevieron a hablar sufrieron desgraciados «accidentes».

Karim sintió un escalofrío.

–Por eso los miembros del Consejo están tan interesados en que no llegue al trono.

Ahora todo tenía sentido. ¿Lo sabría Safiyah? Imaginarse a su hijo en el palacio con Shakroun hizo que se le encogiese el estómago.

–Por eso quieren a alguien que no sea de Assara –siguió Ashraf–. Si eligen a un candidato del país, Shakroun sería la elección más lógica porque pertenece a una familia influyente, pero contigo conseguirían a alguien a quien conocen y respetan y que tiene experiencia en el mundo de la política.

–¿Cuánta gente sabe todo esto?

–Muy pocos. Es demasiado pronto para acusarlo públicamente, pero si se convierte en el jeque de Assara…

Un criminal con poder casi absoluto. No, era impensable.

Karim se pasó una mano por el pelo.

–Sigue siendo un asunto interno.

–Pero te quieren a ti en el trono, hermano.

–Yo tengo otra vida –insistió él, mirando el cielo gris con el ceño fruncido. Daba igual el tiempo que pasara en Europa o Estados unidos, seguía echando de menos los cielos de su país, el inclemente sol e

incluso el árido desierto en el que solo podían sobrevivir los más fuertes–. Tengo un negocio que dirigir y
una vida privada. Durante años intentaron convertirme
en un príncipe, cargado de responsabilidades y deberes, pero ahora vivo para mí mismo.

–¿Vas a darle la espalda a la situación porque lo
estás pasando en grande sin tener que dar explicaciones a nadie? –le espetó su hermano, escéptico.

–¡Maldita sea, Ashraf! No tengo ganas de ser un
héroe.

–Yo siempre he pensado que lo eras.

Karim hizo una mueca. Menudo héroe. Ni siquiera
había sido capaz de proteger a su hermano menor de
la ira de su padre. Había sido un niño serio, responsable, siempre estudiando porque tenía que ser el mejor
en todo. Aun así, siempre intentaba que su padre dejase en paz a Ashraf. Cuando no lo conseguía, cuando
el viejo concentraba su odio en el pequeño al que
creía un bastardo, Ashraf sufría un castigo físico. Y él
no había podido protegerlo.

Ashraf jamás lo había culpado por ello, pero el
sentimiento de culpabilidad siempre lo perseguiría.

–No tienes que convertirte en un héroe para ser un
jeque –dijo su hermano entonces–. Shakroun no ten-
drá escrúpulos en apoderarse del trono y él es todo lo
contrario a un héroe. Además, disfrutaría de las ven-
tajas de la situación.

Karim pensó en Safiyah a merced de aquel canalla.
Hassan Shakroun no tardaría mucho en darse cuenta
de que casarse con su hermosa viuda cimentaría su
posición…

Airado, masculló una palabrota. Su hermano, después de haber dicho lo que quería, se despidió, dejándolo a solas con sus pensamientos.

El instinto le advertía que se alejase de Assara y sus problemas, pero su innato sentido de la responsabilidad le decía lo contrario. Además, si era sincero consigo mismo, en realidad no disfrutaba tanto de esa nueva vida en Europa. Sí, tenía aptitud para los negocios y para ganar dinero. Disfrutaba de la libertad, sin preocuparse por el impacto de sus decisiones en millones de personas. Y Ashraf tenía razón, era mucho más fácil tener una discreta aventura sin la molesta atención de la prensa.

Pero había pasado toda su vida aprendiendo a gobernar una nación. Esa era su verdadera vocación, por eso se había sentido tan desolado cuando tuvo que apartarse. Ashraf le había pedido que se quedase en Za'daq, que ocupase el trono, pero no pudo hacerlo porque ya le había quitado demasiado a su hermano, el legítimo heredero de su padre.

Evitar una catástrofe en Assara haciendo lo que estaba formado para hacer, lo que disfrutaba haciendo, era muy tentador. Podría hacer tantas cosas por la nación y por su gente… Assara era un país más atrasado que Za'daq y disfrutaría de ese reto.

Sin embargo, detrás de todas esas consideraciones estaba Safiyah. O lo que le pasaría a su hijo si Shakroun se convertía en el jeque.

Karim paseó por el gimnasio, inquieto. Safiyah ya no significaba nada para él. No era más importante que cualquier otro ciudadano de Assara y debería contemplarla sin ninguna emoción, pero…

Había hablado de matrimonio solo para inquietarla. Eso había sido mezquino por su parte y estaba avergonzado. No recordaba haber mentido nunca deliberadamente, pero lo había hecho para salvar su orgullo. Y porque odiaba que Safiyah lo perturbase cuando ella no sentía nada. Para ella era lo que siempre había sido, un medio para conseguir un fin.

Pero había hablado de matrimonio y ahora no podía quitárselo de la cabeza. Se sentía intrigado por ella. Tal vez porque, aunque una vez habían estado a punto de casarse, entre ellos nunca hubo más que unos cuantos besos.

Esa noche, cuando Safiyah debía haberse reunido con él en el patio del palacio, su mundo se había puesto patas arriba. Esa tenía que ser la razón por la que estaba tan agitado. Safiyah era algo sin terminar.

Experimentó una punzada de deseo, oscuro y urgente, al recordar el vestido, que se pegaba a su cuerpo como las manos de un amante, el delicado colgante con una brillante piedra roja que destacaba la pálida perfección de su garganta. Había querido enterrar la cara allí, donde latía su pulso, y descubrir si seguía siendo tan sensible como antes o si también eso había sido una mentira.

Pero no quería pasar el resto de su vida con una mujer a la que no podía respetar y en la que no podía confiar. Ni siquiera para satisfacer un deseo insatisfecho.

Pero ¿qué pasaría si decía que no y Shakroun ocupaba el trono? Karim sería entonces responsable por lo que pasase en Assara y por lo que pudiese hacerle a Safiyah y a su hijo.

Karim dejó de pasear y apretó los puños a los costados.

Había sido educado para poner el bienestar de su país por encima de todo y ese era un condicionamiento difícil de romper.

Debía de ser eso lo que lo hacía dudar, pero tenía que tomar una decisión y no dependería de Safiyah.

Karim se pasó las manos por el pelo. La verdad era que casarse con Safiyah, la reina de Assara, era la mejor manera de ser aceptado como jeque.

Si aceptaba hacerlo. Si era capaz de casarse con la mujer que una vez lo había despreciado.

—Está bien, Safiyah, de verdad. Tiene un ligero resfriado, pero ya está perfectamente y jugando con los cachorros.

Con el teléfono pegado a la oreja, Safiyah sonrió imaginándose a Tarek con los cachorritos. Estaría en su elemento porque le encantaban los animales, pero Abbas siempre había dicho que el palacio no era sitio para mascotas.

—Los has llevado al palacio a propósito, ¿verdad, Rana? Esperas que nos quedemos con alguno.

Aunque no le importaría en absoluto. Durante esos años había echado mucho de menos tener perros y caballos. Había algo tan tranquilizador en su amor incondicional…

—Me temo que sí —respondió Rana, riéndose—. ¿Qué puede molestar un cachorrito en un palacio tan grande?

Safiyah se rio ante el exagerado tono inocente de su hermana.

—Probablemente dará muchos problemas hasta que esté entrenado y aprenda a no comérselo todo, pero tienes razón, un perro sería una buena compañía para Tarek.

Su hijo no parecía echar de menos a Abbas. En realidad, apenas veía a su padre una vez por semana y solo durante un rato, normalmente en el salón del trono o en el estudio, y eran encuentros muy forma-

les. Abbas no solía abrazar a su hijo o jugar con él.
Decía que así era como se educaba a los hijos de un
rey porque debía enseñarle todo lo que necesitaba
saber para gobernar el país.

Pero eso no iba a pasar. Tarek crecería sin su padre
y no sería el gobernante de Assara.

Safiyah sintió una punzada de dolor en el pecho.
¿Crecería a salvo su hijo? ¿Qué pasaría si Karim no
aceptaba la corona? Si no lo hacía y Hassan Shakroun
se convertía en jeque…

—¿Sigues ahí, Safiyah?

—Perdona, Rana. Estaba distraída.

—¿Las cosas van bien?

—Estoy segura de que todo va a ir bien —respondió
Safiyah, que solía ser una persona positiva.

—Yo no estoy tan segura —dijo Rana entonces—. Si
hay algún problema, puedes contármelo. Ya no soy
tan frágil como antes.

—Lo sé —asintió ella. Rana había superado su depresión, pero era una costumbre más que una necesidad ser tan protectora con su hermana pequeña—. Pero
aún no tengo noticias, no puedo contarte nada.

Aparte de que Karim le había pedido que se casase
con él.

No, no se lo había pedido, lo había exigido. Lo
había puesto como condición para decidir si aceptaba
el trono, pero no podía contárselo hasta que hubiera
tomado una decisión. Casarse con Karim le parecía
tan… imposible.

No podía aceptar otro matrimonio de conveniencia
cuando acababa de escapar del primero, pensó, sintiendo un escalofrío. Un escalofrío de desagrado. No
podía ser otra cosa.

Pero, si no aceptaba, ¿qué sería de Tarek? Tenía

que haber otra manera, el matrimonio no podía ser la única solución.

—Bueno, pero si necesitas hablar ya sabes que estoy aquí.

—Gracias, Rana. Soy muy afortunada por tenerte a mi lado –declaró Safiyah. Especialmente cuando había estado a punto de perderla unos años antes–. Si quieres que sea sincera... –empezó a decir. Pero un golpecito en la puerta la interrumpió–. Lo siento, tengo que colgar. Hablaremos después.

—Muy bien.

Safiyah saltó de la cama y miró el reloj. Las diez. Ella no conocía a nadie en Suiza y al emisario que la había acompañado desde Assara no se le ocurriría llamar a la puerta de su habitación.

Se acercó a la puerta de la suite y escudriñó por la mirilla. Solo podía ver unos hombros anchos y la piel morena de un cuello masculino.

«¡Karim!».

Se le aceleró el pulso. Había aceptado verlo por la mañana, no esa noche. No estaba preparada. La bata de color rosa la cubría hasta los tobillos, pero debajo solo llevaba un camisón de seda...

Cuando él volvió a llamar a la puerta supo que no tenía más remedio que abrir.

—Karim, qué sorpresa –lo saludó. A pesar de sus esfuerzos, el temblor de su voz traicionaba su nerviosismo.

—Safiyah –dijo él, dando un paso adelante.

Pero ella sujetó la puerta con firmeza.

—Es muy tarde. ¿No puedes esperar hasta mañana?

Para entonces tendría una idea de lo que iba a decirle. Además, llevaría puesto algo que no la hiciese sentirse tan femenina y vulnerable.

¿Tendría un amante en la habitación?, se preguntó Karim. Esa posibilidad hizo que olvidase coronas y políticas.

La despeinada melena caía sobre sus hombros como si acabase de saltar de la cama. Sus ojos brillaban como gemas y el latido del pulso en su garganta llamó su atención hacia el elegante y largo cuello.

A Karim se le aceleró el pulso mientras empujaba la puerta con el hombro. No oía ruidos en la habitación, pero eso no significaba nada.

—Me temo que esto no puede esperar.

Ella lo miraba con los ojos muy abiertos, inmóvil, respirando agitadamente, y Karim tuvo que hacer un esfuerzo para no acariciar la suave piel de su mejilla y ver si era tan suave como recordaba.

Tal debilidad solo aumentó su enfado. Era absurdo que no pudiera pensar con lógica sobre la situación. Karim odiaba su indeseada debilidad por aquella mujer.

—Yo creo que mañana…

—Mañana no, ahora —la interrumpió él—. Si me marcho, no esperes que vaya nunca a Assara.

No mencionó el gobierno ni la corona. Incluso en el silencioso pasillo del hotel era cauto con sus palabras, pero ella lo entendió y, por fin, dio un paso atrás.

La bata de seda rosa se pegaba a una figura curvilínea que excitaría a cualquier hombre. Especialmente cuando cerró la puerta y, al hacerlo, sus generosos pechos oscilaron bajo la bata. No llevaba sujetador y el movimiento envió una flecha de puro deseo a su entrepierna.

Karim se imaginó que se había puesto la bata a toda prisa. Estaba abrochada, pero abierta en el busto, dejando al descubierto la delicada piel de su escote.

De repente, recordó algo que había olvidado mucho tiempo atrás: el patio privado de su madre, lleno de rosas de Damasco, sus pétalos de un rosa profundo, aterciopelado. Había sido un oasis de feminidad en el austero palacio de Za'daq, pero fue arrasado cuando su padre descubrió que sus hijos, de cuatro y tres años respectivamente, la echaban tanto de menos que buscaban solaz en el jardín secreto cuando se marchó con su amante.

Pero los recuerdos del pasado se esfumaron al mirar a Safiyah, exuberante, sensual e invitadora con esa nube de cabello oscuro cayendo sobre los hombros.

¿Algún amante habría acariciado amorosamente esos pechos? ¿Era por eso por lo que sus pezones se marcaban bajo la tela de la bata?

Karim dio un paso atrás para alejarse de la tentación. Atravesó el saloncito de la suite y entró en el dormitorio. La cama estaba hecha, pero había varias almohadas amontonadas frente al cabecero. Había estado sentada allí, sola.

—¿Qué haces? —le espetó ella.

—Bonita suite —dijo Karim—. No la había visto antes.

Con un poco de suerte, Safiyah pensaría que, siendo el propietario del hotel, solo sentía curiosidad por saber dónde estaba alojada.

Ella lo fulminó con la mirada mientras cerraba la puerta del dormitorio.

«Una mujer muy sensata».

—¿Qué es lo que no puede esperar? —le preguntó, cerrándose el escote de la bata, como si una capa de seda pudiese ocultar un cuerpo tan seductor.

—Las cosas están yendo más aprisa de lo que yo esperaba.

Había mantenido una segunda conversación con el emisario de Assara. Si iba a aceptar la corona tendría que hacerlo rápido, antes de que Shakroun se enterase del intento del Consejo de llevar a alguien de fuera.

–Necesito tu respuesta ahora mismo.

Safiyah frunció el ceño.

–Mi respuesta.

Parecía distraída, como si no recordase el honor que le había hecho al sugerir ese matrimonio. Karim apretó los dientes, furioso. Actuaba como si fuese algo trivial, como si tuviese cosas más importantes en mente. Y eso, después del insulto de su abandono cinco años antes, era más de lo que su orgullo podía soportar.

Karim siempre había sido razonable, honorable, racional. Había sido educado para no actuar nunca sin reflexionar, para sopesar las opciones y considerar las implicaciones de cualquier decisión, no solo para él, sino para los demás.

Pero esa noche no era capaz de hacerlo.

Esa noche otro hombre habitaba su piel. Un hombre empujado por el deseo que había contenido durante años.

–¿Qué ocurre, Safiyah? –le espetó, dando un paso adelante–. ¿Tienes otra cosa en mente? ¿Se trata de esto?

Karim puso una mano en su nuca y enredó los dedos en ese pelo tan suave y sedoso.

Ella no protestó. Y tampoco lo hizo cuando envolvió su cintura con el otro brazo.

Y, cuando se apoderó de sus labios, los años de separación desapararecieron.

Capítulo 4

SAFIYAH hundió los dedos en los fuertes bíceps masculinos. Aquello era tan inesperado que no tuvo tiempo de pensar. No tuvo tiempo de hacer nada más que doblarse bajo la fuerza de un huracán de sensaciones que la hacían tambalearse como una hoja, arqueando su cuerpo sobre el brazo de acero.

Estaba abrumada, pero no de indignación, sino de sorpresa… y de gozo.

Porque nunca la habían besado así.

Nunca había sentido aquello.

Ni siquiera cuando Karim la cortejaba porque él nunca había querido ponerla en una posición comprometedora. Era inocente entonces y Karim la había respetado.

Pero tampoco había sentido aquello con Abbas. No había sentido pasión por su marido, ningún deseo salvo el de cumplir con sus obligaciones maritales. Y Abbas, aunque disfrutaba de su cuerpo, no había esperado de ella más que aquiescencia.

Por eso, el fuego líquido en sus venas era algo sin precedentes. Algo totalmente nuevo para ella.

Una pasión instantánea la encendió por dentro, enviando chispas por todo su cuerpo.

Aquello era pasión.

Aquello era deseo.

Era el mismo anhelo que había sentido una vez por

Karim, pero multiplicado por mil. Era como la diferencia entre la luz de una cerilla y el destello de un relámpago.

Cuando él deslizó la lengua entre sus labios volvió a disfrutar del adictivo sabor de Karim. Era un sabor que había querido olvidar cuando por fin dejó de esperar el milagro del verdadero amor. Cuando se había entregado a un matrimonio de conveniencia.

Porque aferrarse a esos sueños rotos la hubiera destruido. Ahora, sin embargo, envuelta en un torrente de sensaciones, hambrienta de afecto, se dejó llevar.

Una vez había anhelado a Karim con todo su virginal corazón. Ahora, el tiempo y la experiencia habían transformado su inocente deseo en algo fiero y elemental. Algo totalmente imparable.

En lugar de someterse mansamente, Safiyah le devolvió el beso con el mismo ardor. Le parecía tan natural como respirar.

Lo exploraba y saboreaba, deleitándose con el rico aroma a sándalo y virilidad que llenaba sus sentidos, disfrutando de ese cuerpo tan duro y sólido, poniéndose de puntillas para estar más cerca.

Karim apretó posesivamente su cintura, como si su respuesta hubiera desatado algo que había mantenido escondido. Se inclinó hacia delante, obligándola a echar la cabeza hacia atrás, y siguió besándola apasionadamente, los dos perdidos en la embriagadora intensidad del momento.

El pasado y el futuro se mezclaban. El presente la consumía. Nada importaba salvo saciar su deseo.

Karim puso una mano sobre su trasero, empujándola hacia su rígida entrepierna, y Safiyah experimentó una fiera emoción al notar que estaba tan consumido de pasión como ella.

Entonces, abruptamente, Karim la soltó. Parpadeando, desequilibrada, Safiyah vio que daba un paso atrás y se estiraba las mangas de la chaqueta, como para borrar la marca de sus manos.

Safiyah tenía que hacer un esfuerzo para llevar oxígeno a sus pulmones. La bata se había abierto y sabía, sin mirar, que sus pezones se marcaban bajo la delgada tela.

Pero lo peor era la humedad entre sus piernas, esa inquietud, ese bochornoso deseo de frotarse contra él, buscando el placer que el beso prometía.

En silencio, se ajustó mecánicamente el cinturón de la bata. Porque, a pesar de su frustrado deseo, Karim la miraba como si fuese un insecto clavado en un alfiler. Ni siquiera respiraba con dificultad. Parecía tan calmado y remoto como una efigie de piedra.

El deseo se disipó, dejando tras él solo cenizas de pasión. Ella podía haberse dejado llevar por un ansia que no había podido controlar, pero Karim no había sentido lo mismo.

—Ese pequeño experimento ha sido muy instructivo —dijo él. Su voz parecía llegar desde muy lejos, como un trueno lejano en el desierto de Assara—. Está bien probar estas cosas con antelación, ¿no?

—¿Probar qué? —preguntó ella con voz ronca.

—Si somos compatibles físicamente —respondió Karim—. O si no lo somos.

En el rincón donde ella había guardado sus secretas esperanzas y anhelos, algo se marchitó, dejando tras de sí un profundo dolor.

¿El beso había sido un experimento?

Safiyah quería gritar, golpear ese torso de granito con los puños, pero solo conseguiría abochornarse a sí misma. Se sentía avergonzada por haber besado así a un hombre que ahora la miraba con total frialdad.

Tragándose un nudo de emoción que casi le impedía respirar, intentó volver a ponerse la máscara. Ese dolor le haría más fácil destruir sus sentimientos por Karim. Los había reprimido durante años. Se había dicho a sí misma que no podía seguir amando a un hombre que la había rechazado y cuyo abandono la había dejado desolada.

Pero entre sus brazos había respondido con un ardor bochornoso. Y él… no se podía creer que no hubiera sentido nada, era imposible. Había querido llevar ese beso a su natural conclusión tanto como ella.

O tal vez no. La gente fingía todo el tiempo. ¿No había fingido ella entusiasmo por Abbas en la cama cuando hubiera preferido dormir sola? El beso de Karim había sido apasionado, pero eso no significaba que hubiera sentido algo más que curiosidad.

Safiyah solo había besado a dos hombres en su vida, Karim y su marido. Ningún beso de Abbas le había despertado tan poderosa respuesta, pero sin duda Karim habría besado a cientos de mujeres y podía fingir ardor aunque no lo sintiera.

Safiyah apretó los labios.

—Si me casara contigo… —dijo con tono agrio— no sería por el placer de tu compañía.

Que viese lo que quisiera en esa respuesta. Se negaba a admitir nada. Después de todo, podía decir que también ella había estado experimentando, buscando una chispa entre ellos que, al final, no había encontrado.

Pero ella nunca había sido una mentirosa y la completa sumisión al ardiente beso la había dejado desolada. Tanto que quería darse la vuelta y salir corriendo.

—Entonces, ¿por qué aceptarías casarte conmigo?

—Por mi país y por mi hijo. Temo lo que pueda

pasarles si Shakroun se convierte en el jeque de Assara.

–Lo entiendo. He oído algo parecido hace unas
horas.

El alivio hizo que Safiyah dejase caer los hombros.
Karim parecía haber cambiado de opinión y, si aceptaba el trono, Tarek estaría a salvo.

–Entonces,¿lo sabes?

–Sé que Shakroun pertenece a un clan muy poderoso y que para ocupar el trono tendré que conseguir
apoyo local. Por ejemplo, casándome contigo.

Safiyah podía haber dejado que la pusiera en ri-
dículo, pero no volvería a pasar.

–Si nos casáramos, esperaría que buscases placer
fuera del lecho matrimonial –le dijo. La angustiaba tal
pensamiento, pero sacrificaría su libertad por la vida
de su hijo–. Discretamente, por supuesto.

–¿No me digas? –replicó él–. ¿Y dónde buscarías
tú el placer?

Safiyah se irguió todo lo que pudo, recordando las
lecciones de dignidad que había aprendido en los últimos años.

–Eso no es asunto tuyo. Te aseguro que no provo-
caré ningún escándalo.

Porque su relación íntima con Abbas no la había
dejado anhelando sexo y el único hombre que tenía el
poder de despertar su libido la miraba en ese momento con un brillo de desdén en los ojos.

–¿Y si yo quisiera placer en el lecho conyugal? –le
preguntó Karim entonces.

Esa pregunta le aceleró el pulso a Safiyah.

¿De verdad quería acostarse con ella o solo estaba
intentando inquietarla?

–No –murmuró, sacudiendo la cabeza.

–¿Porque no me deseas o porque te da miedo desearme tanto?

–Tienes un ego monumental –replicó Safiyah, irguiendo los hombros.

–Digo lo que veo. Sospecho que no estás tan desinteresada como pretendes.

Ella dejó escapar el aliento, intentando controlar el pánico.

–¿Me das tu palabra de que no insistirás en ir a mi cama?

–Por supuesto –respondió Karim–. Nada de sexo a menos que tú quieras. ¿Eso te satisface?

Ella lo miró en silencio. Estaba molesto porque había dicho que no lo deseaba, pero pronto encontraría una amante que lo mantuviese ocupado.

Lo conocía y sabía que era demasiado orgulloso como para no cumplir con su palabra. Y, evidentemente, el Consejo Real de Assara pensaba lo mismo. Además, ¿qué otra cosa podía hacer? Tenía que proteger a Tarek.

Por fin, asintió con la cabeza.

–De acuerdo.

–¿Confías en mi palabra?

–Tengo que hacerlo. Después de todo, voy a confiarte la seguridad de mi hijo.

Decirlo en voz alta le produjo un escalofrío en la espina dorsal. No por temor a que Karim le hiciese daño, sino por atarse de nuevo a un hombre que la veía como una mera conveniencia. Pero había sobrevivido una vez y volvería a hacerlo.

Safiyah le devolvió la mirada, intentando no catalogar las atractivas facciones con las que había soñado durante tanto tiempo. Se recordó a sí misma que era arrogante y frío, un hombre que había jugado con ella.

¿Qué había sido del hombre del que se había enamorado a los veintidós años, el hombre que parecía tan amable y encantador? ¿Qué lo había hecho tan frío y amargado? ¿El mismo misterio por el que renunció al trono de Za'daq?

Daba igual, no iba a indagar en su pasado. Los miembros del Consejo Real de Assara no le habrían ofrecido el trono si tuviesen alguna duda sobre su carácter. Habían deliberado durante semanas antes de hablar con él, habían investigado no solo sus años en Za'daq, sino sus recientes actividades.

En cualquier caso...

—¿Qué pasaría con mi hijo, Tarek, si te convirtieses en el jeque de Assara? ¿Lo adoptarías?

Karim asintió con la cabeza.

—Como te he dicho antes, no tengo intención de robarle sus derechos. Seguirá siendo el primero en la línea de sucesión.

Safiyah se quedó pensativa. Karim había renunciado al trono de Za'daq. ¿Por qué iba a aceptar el trono de un país que no era el suyo? Estaba a punto de preguntárselo, pero decidió no hacerlo. Eso daba igual. Lo único que importaba era que Assara y Tarek estuviesen a salvo de Shakroun.

Karim no podía haber dejado más claro que veía el matrimonio con ella como una necesidad, no un placer. Y, aunque debería estar acostumbrada a ser vista como políticamente conveniente, le dolía.

Abbas se había casado con ella porque quería una alianza con el clan de su familia, pero en quien estaba interesado era en su hermana. Cuando ese matrimonio no fue posible, se conformó con ella.

Aceptar un segundo matrimonio de conveniencia, con otro hombre que no sentía nada por ella, era terrible. Tan terrible que Safiyah quería gritar y decirle bien claro lo que podía hacer con su proposición, pero quería demasiado a su hijo y haría lo que fuese para mantenerlo a salvo. Su felicidad era algo secundario y en cuanto a los sueños de amor que había tenido una vez…

Safiyah sintió un escalofrío. Viuda a los veintisiete años, sería una tonta si soñase con romances.

Suspirando, se acercó a la ventana para alejarse de él y miró las luces sobre el lago.

—¿Y si tuvieras más hijos? ¿No querrías que heredasen el título?

—No te preocupes, Safiyah. No voy a cargarte de hijos bastardos.

Su tono cortante hizo que girase la cabeza. Parecía enfadado. De hecho, parecía vibrar de ira y no entendía por qué. No se había enfadado cuando le dijo que no compartirían el lecho matrimonial, pero de repente…

—Entonces,¿te casarás conmigo?

—Yo… —Safiyah tenía un nudo en la garganta. El deber, el amor maternal, todo exigía que dijera que sí. Sin embargo, debía conquistar esa parte egoísta que quería algo para ella misma, pero por fin asintió con la cabeza—. Sí, lo haré. Si aceptas ocupar el trono de Assara, me casaré contigo.

No había esperado una muestra de emoción, pero sí algo que demostrase que Karim entendía su sacrificio.

Nada.

—Muy bien. Nos iremos a Assara mañana mismo.

Karim intentó disimular una momentánea emoción. Lo habían educado para no mostrar sus sentimientos y no lo haría.

—¿Mañana?

Safiyah lo miraba como si no quisiera volver a su país con él. Como si no lo quisiera a él.

–Aceptaré la oferta del Consejo en persona. He decidido que no hay tiempo que perder. No tiene sentido darle a Hassan Shakroun la oportunidad de conseguir más apoyos.

Tendría un largo y duro camino por delante para establecerse como jeque de un país que no era el suyo. No se hacía ilusiones, pero la idea era emocionante. Era el trabajo para el que estaba formado, el trabajo que habría echado de menos si hubiese querido admitirlo. Y no era solo eso, pero no quería que Safiyah adivinase que uno de los beneficios de actuar tan rápidamente era asegurarse de que ella estuviera a su lado.

Por razones políticas, por supuesto.

Safiyah lo inquietaba más de lo que debería. Pensar en ella había interferido en su decisión y la seguía con la mirada por la suite como si su cuerpo se negase a obedecer los dictados de su cerebro. Instintos básicos, impulsos empujados por el órgano que tenía entre sus piernas, pero sentía el urgente deseo de reclamar lo que una vez había deseado tanto.

Tenía que haber una razón para esa obsesión. Una vez había estado a punto de ofrecérselo todo, su nombre, su lealtad, su título. Ahora tenía la oportunidad de reclamar lo que le había sido negado.

Sí, era bueno encontrar una explicación racional para aquella absurda atracción. Pero ese beso, aunque breve, había demostrado que la atracción seguía ahí, más fuerte que nunca.

–¿Qué estás pensando?

–Solo pensaba en mis prioridades cuando lleguemos a Assara –Karim hizo una pausa–. Mis abogados redactarán los documentos de adopción junto con el contrato de matrimonio.

–¿De verdad? No había esperado que lo hicieses tan pronto. Gracias.

Safiyah lo miraba con los ojos brillantes. Si Karim necesitaba una prueba de que estaba motivada por el amor a su hijo, allí estaba. Pero al ver que esbozaba una sonrisa sintió un curioso cosquilleo por dentro. ¿Cómo sería tener a Safiyah mirándolo de ese modo todos los días? No porque hiciese algo por su hijo, sino por él, porque le importaba él.

Karim se irguió, irritado consigo mismo. Pensar eso era inaceptable. Era un hombre adulto y no necesitaba que nadie cuidase de él. Era solo curiosidad por el lazo de amor entre madre e hijo. Algo que él nunca había experimentado.

De niño había creído que su madre lo quería y aún recordaba sus abrazos, su voz cuando le cantaba, los juegos en la rosaleda. Pero esos recuerdos eran ilusiones. Si su madre hubiese querido a sus hijos no los habría abandonado, dejándolos a merced de un hombre como el jeque. El hombre al que había creído su padre era irascible, colérico, impaciente. Nunca estaba satisfecho, por mucho que él intentase estar a la altura.

–¿Qué ocurre? –le preguntó Safiyah, poniendo una mano en su brazo.

El roce le provocó un nuevo estallido de deseo, pero Karim intentó controlarse. Una vez había estado a punto de caer en la trampa de Safiyah, pero había aprendido la lección.

–Nada. Nada en absoluto –respondió, esbozando una sonrisa cautivadora–. Al contrario, todo es perfecto.

Capítulo 5

KARIM salió de la reunión en el palacio de Assara debatiéndose entre la satisfacción y la frustración. Después de interminables deliberaciones sobre los procesos legales habían llegado a un acuerdo sobre los asuntos más importantes, incluyendo el futuro de Safiyah y Tarek. Los funcionarios se habían quedado sorprendidos cuando él, el futuro jeque, había dejado claro que el príncipe no debía perder sus derechos dinásticos, pero ahora, después de varias horas encerrado con nerviosos abogados, necesitaba un poco de aire.

Salió de las oficinas del palacio y, después de atravesar un ancho corredor, se dirigió al patio principal, donde se imaginaba que estarían los establos.

A lo lejos estaba la distante frontera con Za'daq, los dos países se hallaban separados por unas montañas de color púrpura. Y hasta allí, en la costa, parecía llegar el olor del desierto.

Inhaló profundamente, aunque sabía que se estaba imaginando ese esquivo aroma. El desierto se encontraba a medio día de camino, pero el aire parecía tan familiar allí… Se sentía en casa, por fin.

Karim sonrió mientras se dirigía hacia los establos. Desde que aceptó la propuesta del Consejo, su certeza había aumentado. Había tomado la decisión correcta.

Pero la sonrisa desapareció al ver que las puertas

de los establos estaban cerradas y que no había seña-
les de actividad, salvo al fondo, donde un chófer estaba sacándole brillo a una limusina.

–¿Los establos? –respondió el hombre cuando le
preguntó–. Lo siento, Señor, pero ya no funcionan
como tal. No hay caballos en el palacio.

–¿No hay caballos en el palacio? –repitió Karim,
incrédulo.

Assara era conocido por sus purasangre. El jeque
debería tener los mejores caballos del mundo. Además, Safiyah prácticamente había nacido montada
sobre una silla. Montar a caballo era su actividad fa-
vorita desde niña.

Recordó la primera vez que la vio, montando con
gracia y elegancia sobre un caballo gris, la perfecta
amazona.

–¿Dónde están los caballos de la jequesa?

–La jequesa no monta a caballo, Señor.

Karim miró al hombre con perplejidad. ¿Safiyah
no montaba a caballo? Eso era imposible. Una vez
había formado parte del equipo nacional de equitación
de Assara y nunca parecía más viva que montando a
caballo... salvo cuando estaba entre sus brazos.

El recuerdo provocó una oleada de calor en su
vientre. Después de darle las gracias al chófer, Karim
entró en el palacio y se dirigió a la suite real. Era hora
de visitar a Safiyah.

Cinco minutos después, cuando fue admitido en
sus aposentos, su curiosidad aumentó. En contraste
con la fría grandiosidad del palacio, era una suite
preciosa y acogedora, un sitio donde relajarse después de un largo día de trabajo.

–Si quiere ponerse cómodo, Señor –dijo la doncella,
señalando un sofá–. Le diré a la jequesa que está aquí.

La mujer desapareció por una puerta que daba a un patio privado, pero, en lugar de sentarse, Karim la siguió. El olor a rosas perfumaba el aire con su fragancia y la hierba que crecía entre los arbustos era de un verde esmeralda.

Aquel sitio no parecía parte del palacio, donde todo era simetría y formal elegancia. Era un jardín invitador, casi misterioso, lleno de plantas y caminos serpenteantes.

Oyó unas risas al fondo y vio a la doncella hablando con alguien medio escondido entre los arbustos. Tras ella, un niño jugaba con un cachorrito.

Karim dio un paso adelante y vio a Safiyah sentada sobre la hierba. Su futura esposa. En Suiza había sido fría y reservada... antes de deshacerse entre sus brazos. Entonces se había mostrado rebelde e imperiosa, pero ahora estaba relajada y feliz, riéndose.

Era como un espejismo del pasado, cuando disfrutaban estando juntos. Safiyah se reía entonces, con un sonido dulce como la miel. Ver cómo disfrutaba de la vida era algo precioso para alguien como él, criado por un hombre arisco, iracundo y siempre insatisfecho.

–Karim.

Al verlo, la luz desapareció de su expresión. Era una tontería que le importase porque él no quería compartir su alegría. No estaba allí para eso.

Safiyah dijo algo y la doncella se acercó al niño para tomarlo en brazos.

–No, no se lo lleve –se apresuró a decir Karim–. No quiero que deje de jugar por mi culpa.

Era hora de conocer al niño al que iba a adoptar. Aunque la idea le producía una confusa mezcla de sentimientos, no había sido por capricho. Pensar en el pequeño príncipe a merced de un hombre como

Shakroun era sencillamente imposible. Y tampoco iba a robarle sus derechos, como no había robado los derechos de su hermano, el heredero legítimo al trono de Za'daq.

Además, él sabía lo que era crecer con el peso de un título. El niño necesitaba un buen ejemplo, alguien que entendiese que en la vida había más cosas que la política y el protocolo de la corte. Él sería ese mentor.

Su vocecita interior le recordó que no había podido serlo para su hermano pequeño. No había sido capaz de proteger a Ashraf de la ira de su padre, pero juró hacerlo mejor con Tarek.

Safiyah se levantó de la hierba y el susurro de su vestido, de un tono verde amatista, le pareció ridículamente excitante. Había sido así desde que llegó a Assara. No, desde aquel beso en Suiza que lo había dejado teniendo que disimular.

Tomando aire, Karim se obligó a admitir la verdad. Estaba encandilado con ella desde el momento en que apareció en su suite. Después de cinco años, aún tenía el poder de inquietarlo como ninguna otra mujer.

—Qué amable por tu parte venir a visitarme —dijo ella cuando la doncella desapareció.

Safiyah inclinó la cabeza en un elegante gesto, la reina recibiendo una visita. Salvo que la visita era el hombre que estaba a punto de salvar al país y a su hijo. Y pronto sería algo más que un amable extraño, por mucho que ella intentase fingir indiferencia.

—El placer es mío —respondió él. Y era cierto. Estaba deseando que la relación fuese mucho más íntima. Su empeño de mantenerlo a distancia solo servía para aumentar su deseo—. Había pensado en montar un rato, pero he visto que los establos están vacíos.

Ella apartó la mirada.

—A mi marido no le gustaba montar.

Había dejado de sonreír. Era evidente que había tocado un tema del que no quería hablar, pero necesitaba saber por qué. ¿Era una reacción a la atracción que sentía por él o por haber mencionado a su difunto marido?

—Pero a ti sí te gusta.

Safiyah se encogió de hombros.

—Sí, es verdad, pero hace tiempo que no monto.

Fingía indiferencia, pero Karim no se dejó engañar. ¿Se habría caído del caballo? ¿Habría sufrido alguna lesión? Tendría que haber sido algo importante para que una mujer como ella, enamorada de los caballos desde niña, dejase de montar.

—¿Por qué?

—Abbas no montaba y prefería que yo tampoco lo hiciese.

—No lo entiendo.

Karim se metió las manos en los bolsillos del pantalón, esperando. Montar a caballo era parte del tradicional entrenamiento de un guerrero en aquella región. Era muy raro que un gobernante de la zona no lo hiciese, especialmente cuando Assara era un país famoso por sus purasangres.

—Cuando me quedé embarazada, el médico me aconsejó que no montase.

Karim asintió. Era comprensible, pero eso fue años antes.

—¿Y después del nacimiento de tu hijo?

Ella esbozó una sonrisa irónica.

—Solo alguien que no ha pasado por un parto preguntaría eso.

—Pero han pasado años desde que tu hijo nació. ¿Por qué no has vuelto a montar? ¿Tu marido te lo prohibió?

Por su expresión, Karim supo que había dado en la diana. Pero, ¿por qué le había prohibido Abbas que montase a caballo? No tenía sentido.

Safiyah irguió los hombros, mirándolo con la arrogancia de una reina. La joven a la que había conocido cinco años atrás era inocente y sincera. O, al menos, había dado esa impresión. Esperaba que eso no hubiera cambiado.

—Para montar a caballo necesitaría llevar un séquito porque es lo que manda el protocolo. Eso es lo que habían hecho los miembros de la familia real en el pasado, pero…

—¿Tu marido tenía celos porque no sabía montar? ¿Qué pasó? ¿Se cayó de un caballo cuando era niño o algo así?

Safiyah se puso colorada. Como si fuera ella quien tenía un bochornoso secreto.

—Eso no importa. Abbas estaba empezando a modernizar el país y no quería aferrarse a las tradiciones. Viajar en coche es más rápido y conveniente.

Parecía estar repitiendo algo que había aprendido de memoria. Seguramente las palabras de su marido.

Karim hizo una mueca de desagrado. No había querido pensar en Safiyah con su marido. No había querido pensar que lo había dejado para entregarse a otro hombre unos meses después. Imaginársela con otro hombre, en su cama, dándole lo que le había negado a él, era como veneno en su sangre y no quería ni imaginarse la posibilidad de que lo hubiese amado.

Safiyah no podía haber amado a su marido. Su reacción en la suite había dejado claro que no se acordaba de él. Se había casado por ambición, no por amor.

—Las tradiciones son importantes para la gente que las valora.

Para muchos en Assara, ver a su jeque montando a caballo también hubiera sido muy importante.

–Pero te impidió que hicieses algo que te encanta solo para que no lo abochornases.

Era el acto de un cobarde, pero Karim no lo dijo en voz alta. Después de todo, estaba hablando con su viuda.

–Bueno, tú podrás llenar los establos si quieres –dijo Safiyah entonces, mirando el reloj–. Se ha hecho tarde y Tarek tiene que irse a la cama. Si me perdonas…

–Preséntamelo –la interrumpió Karim.

Aunque tal vez lo mejor sería ponerse en cuclillas y saludarlo, pensó. Un par de ojos castaños se clavaron en él. Castaños con puntitos dorados, como los de su madre. No sabía por qué lo afectaba eso, pero algo se encogió en su pecho al ver esa carita.

–Tarek, quiero que conozcas… –Safiyah hizo una pausa, como si no supiera cómo presentarlo. Al fin y al cabo, aún no era su padre y tampoco el jeque.

–Hola, me llamo Karim –se adelantó él–. A partir de ahora voy a vivir en el palacio.

El niño se limpió la tierra de la mano antes de ofrecérsela solemnemente.

–Hola, yo soy Tarek ibn Abbas de Assara. Es un placer conocerte.

Karim apretó la manita del niño, observando esa cara tan pequeña y seria mirándolo intensamente, como buscando alguna señal de desaprobación.

De repente, sintió que volvía atrás en el tiempo, cuando aprendía los modales de la corte y cómo saludar a los dignatarios extranjeros. Debía de tener la edad de Tarek y había aprendido rápidamente, ya que la alternativa era enfadar a su iracundo padre.

–Es un placer, príncipe Tarek.

Riéndose, el niño señaló al cachorrillo, que estaba mordisqueando su zapato. Tarek era un príncipe, pero también un niño y, en ese momento, Karim decidió lograr al menos una cosa: que tuviese una infancia normal a pesar de su situación.

Algo que él no había tenido. Había crecido sin tiempo para jugar, siempre siguiendo un estricto régimen de lecciones para convertirse en una imitación en miniatura de su padre.

–Es un perro muy bonito.

En realidad, el bullicioso cachorro no era bonito. Tenía una cola muy larga y las orejas de un sabueso, pero las patas demasiado cortas. Karim recordó los sabuesos de pura raza de su padre, cuyo pedigrí era más importante que cualquier otra cualidad. Sintiendo una punzada de simpatía por el chucho, alargó una mano para acariciarlo y el cachorro empezó a mordisquear sus dedos.

–¡Le gustas! –exclamó Tarek–. No quiere hacerte daño. Muerde a la gente que le gusta.

–Lo sé. Es lo que hacen los cachorros.

El niño esbozó una sonrisa.

–¿Tú tienes perro?

–No, me temo que no.

–Puedes jugar con nosotros si quieres.

Karim se sintió conmovido por la generosidad del pequeño príncipe. ¿Cuándo fue la última vez que hizo algo tan sencillo como jugar con un perro o hablar con un niño?

–Eso me gustaría mucho, gracias –dijo Karim, acariciándole las orejas al animal–. ¿Cómo se llama?

–Blackie. Lo he elegido yo.

–Has elegido bien. ¿Es tuyo?

—Sí, pero no duerme conmigo —respondió el niño, haciendo un puchero—. Debería dormir conmigo para que pudiese cuidarlo si se siente solo por la noche, ¿verdad?

—Los perros necesitan espacio, igual que la gente. Y seguro que Blackie tiene una cama estupenda.

—Claro que sí, en el pasillo. Duerme tan bien que Tarek tiene que despertarlo para jugar —intervino Safiyah—. Y es hora de dar las buenas noches. Tarek y Blackie tienen que irse a dormir.

—Espero que juegues conmigo otro día —dijo el niño, mirando a su madre de soslayo—. Por favor.

—Lo haré encantado —respondió Karim.

Disfrutaría jugando con Tarek. Nunca podía estar seguro de si la gente que se acercaba a él lo hacía por simpatía o para conseguir algo, pero con el niño no había ninguna duda.

Safiyah se inclinó para tomar la mano de Tarek y Karim tragó saliva al ver cómo el vestido se pegaba a sus curvas.

Una vez lo había engañado porque creyó que podía convertirla en reina de Za'daq. Ahora había ido a buscarlo porque necesitaba protección. Siempre quería algo de él, no a él, y debía recordarlo, pero pensaba disfrutar de los beneficios de tenerla como esposa.

De repente, el tedio y la frustración de las largas reuniones se esfumó y se encontró deseando abrazar su nueva vida.

El salón del trono estaba abarrotado. Los invitados superaban en número a las estrellas de puro oro que decoraban el techo de la vasta cámara. Safiyah se alegraba de estar en el estrado real, pero su corazón latía como si hubiera tenido que abrirse paso entre la gente.

Unos minutos antes, Karim se había convertido en el gobernante de Assara y pensar en ello hacía que le diese vueltas la cabeza. De alivio, se decía a sí misma, no de angustia.

Los líderes regionales hacían turnos para jurar fidelidad al nuevo jeque. Había políticos, jefes de distintos clanes, empresarios. Incluso los otros candidatos que habían esperado llegar al trono.

El siguiente en línea era Hassan Shakroun, con el ceño fruncido y un gesto desagradable. Aunque eso era habitual en él. Por suerte, no había habido protestas cuando Karim fue proclamado como el nuevo jeque y la aceptación del pueblo significaba que aquel canalla no podría hacer nada contra él.

Shakroun hizo una rápida reverencia antes de apartarse y Safiyah suspiró de alivio. Había tomado la decisión acertada. Shakroun ya no tenía razones para hacerle daño a Tarek. Su hijo estaba a salvo gracias a Karim.

Pero, a pesar de sus promesas, era imposible no preguntarse qué clase de gobernante y padre sería.

Y qué clase de marido.

En cuanto la ceremonia de coronación terminase tendría lugar su matrimonio y luego el proceso formal de adopción.

Daría cualquier cosa por que su hermana estuviese allí, pero según la tradición no podía haber mujeres en el salón del trono. Salvo ella. Karim había hecho una excepción invitándola a asistir a la ceremonia que lo convertiría oficialmente en el gobernante de Assara.

Karim, rodeado por los miembros del Consejo Real, tenía un aspecto imponente con una túnica blanca bordada en oro y el tradicional *agal* en la cabeza, un símbolo de su nuevo estatus.

Más alto que los demás hombres, seguro de sí mismo, impresionante. Su fuerte perfil no traicionaba dudas o debilidad.

Tarek crecería como el hijo adoptado del jeque y ella… estaba destinada a convertirse de nuevo en la esposa de un hombre que no la amaba.

Safiyah tomó aire, pero sus pulmones no parecían funcionar.

Su segundo matrimonio de conveniencia. Su segundo matrimonio sin amor.

Nerviosa, se llevó una mano al abdomen. Había aprendido a vivir con la indiferencia de Abbas y, en cierto modo, era un alivio que no pasaran juntos mucho tiempo. Aquel matrimonio sería similar. El desdén de Karim después de aquel beso en Suiza era evidente. Había sido ella quien perdió la cabeza. Él parecía tan inconmovible como las montañas y se puso colorada al recordarlo.

Y, sin embargo, aquel matrimonio no sería igual. Entonces, triste y perdida, el matrimonio solo había sido una carga más. Desolada por la muerte de su padre y con el corazón roto por la enfermedad de su hermana, nada le importaba entonces más que cumplir con su deber.

Volvió a mirar el arrogante perfil del nuevo jeque sintiendo una cascada de emociones.

Aquel matrimonio sería mucho peor que el primero. No iba a casarse con un desconocido, sino con el hombre al que había amado una vez. El hombre al que había anhelado con toda la inocencia de su juventud.

Ya no lo amaba. La idea de amarlo la asustaba porque si lo hacía sería terriblemente vulnerable. Pero una vez le había importado y sería terrible conformarse con una pálida imitación de la vida con la que una vez había soñado.

Pero era aún peor que eso porque, aunque no lo amaba y él era indiferente a ella, seguía deseando a Karim como una mujer deseaba a un hombre.

Lo deseaba.

¿Cómo iba a sobrevivir a aquel matrimonio, ignorando su indiferencia y a las mujeres con las que se acostaría? No podría hacerlo…

De repente, los ancianos que rodeaban al jeque se apartaron y Karim se volvió hacia ella. Parecía como si pudiese intuir los latidos de su corazón bajo sus mejillas arreboladas, bajo el suntuoso vestido y las fabulosas joyas.

Safiyah quería salir corriendo, pero ella era fuerte. O fingía serlo, aunque le temblasen las rodillas, de modo que levantó la cabeza y sostuvo su mirada como una reina.

Capítulo 6

SAFIYAH –Karim recorrió el estrado para colocarse frente a ella.

Oyó los murmullos de sorpresa de los invitados, pero le daba igual. Los jeques de Assara no se movían por nadie, pero él iba a gobernar a su manera. Había querido ir a su lado desde el momento en que entró en el salón del trono, como una exquisita joya medieval que hubiese cobrado vida.

El largo vestido de brocado destellaba cada vez que se movía. La tiara de oro y rubíes convertía a una mujer sensual en una belleza extraordinaria. Los largos pendientes llamaban la atención hacia la delicada línea de su cuello y su aire de serenidad hacía que deseara hundir los dedos en su pelo y saborear de nuevo esos jugosos labios.

Apartarse de ese apasionado beso en Suiza, fingir que no estaba afectado, había sido increíblemente difícil para él. Por suerte, su orgullo herido había aparecido al rescate.

–Majestad.

Safiyah hizo una reverencia y el brillante vestido se extendió por el suelo como un lago de lava derretida. Se quedó allí, esperando, con la cabeza inclinada. Pero, a pesar del tradicional gesto de obediencia, en su postura había un indefinible aire de desafío.

Después de pasar unos días con ella y con Tarek,

Karim sabía que había levantado un muro de defensa a su alrededor, pero cuando tomó su mano notó que daba un respingo.

–Puedes levantarte.

Ella lo hizo, sin mirarlo. Cualquiera que los observase vería a una bella reina mostrando respeto hacia el jeque, pero Karim estaba lo bastante cerca como para notar el temblor que recorría su cuerpo.

«No eres tan indiferente, mi delicada belleza, por mucho que intentes ocultarlo».

–Estás magnífica –murmuró, con tono admirativo.

Ella levantó la mirada entonces. El aterciopelado marrón de sus ojos era más oscuro que de costumbre, sin los puntitos dorados que tanto le gustaban. Parecía preocupada y, a pesar de su impaciencia, esa idea lo perturbó. ¿De qué se preocupaba ahora que él había aparecido para rescatarla?

Sus sentimientos por ella eran tan confusos... Una vez se había sentido encandilado por Safiyah, cuando la creía dulce, inocente y sincera. Luego había querido odiarla por haberlo abandonado. Y desde que volvieron a verse experimentaba una mezcla de desconfianza, rabia, deseo y un sorprendente anhelo de protegerla. En cualquier caso, había demostrado ser valiente y dispuesta a hacer lo que fuese para salvaguardar a su hijo. ¿O todo sería una estratagema para conservar la privilegiada posición de Tarek?

Pero el matrimonio había sido idea suya, no de Safiyah.

No confiaba en ella, no quería que le gustase y, sin embargo, la deseaba y, a regañadientes, la admiraba. Había que tener redaños para enfrentarse a él de nuevo y aceptar ese matrimonio para proteger a su hijo.

Levantó su mano para llevársela a los labios y el roce le provocó una oleada de deseo.

Un deseo que pronto sería saciado.

—Ven —le dijo, sin molestarse en disimular su satisfacción—. Es hora de casarnos.

Safiyah cerró la puerta de la habitación y se apoyó en ella, agradeciendo el sólido apoyo de la madera. Estaba agotada. La ceremonia había sido interminable y era solo el primer día. Al día siguiente habría más celebraciones y también el día después.

Pero no eran las horas de pie ni el pesado brocado del vestido lo que la tenía agotada. Era saber que ahora era la mujer de Karim. Safiyah contuvo un sollozo mientras se apartaba de la puerta con piernas temblorosas.

Era un matrimonio de papel, no significaba nada salvo que Tarek estaba a salvo y que ella tendría que hacer el papel de sumisa esposa de un hombre a quien le importaba un bledo.

Esa mezcla de emociones la ahogaba, pero tragó saliva, intentó contener las lágrimas y se apartó de la puerta.

Normalmente, su doncella la esperaba allí, pero le había dicho que no la necesitaría esa noche. Ahora desearía no haberlo hecho porque tardaría un siglo en quitarse la tiara, pero era mejor luchar a solas con la joya que con sus emociones.

Aunque tenía práctica. Llevaba tanto tiempo sin tener a nadie en quien apoyarse… desde que su madre murió cuando ella era una adolescente. Había querido mucho a su padre, pero él nunca se había recuperado de la muerte de su esposa y su hermana pequeña había pasado años luchando contra los demonios de la ansiedad y la depresión, de modo que solo había podido contar consigo misma.

En cuanto a Abbas, a pesar de la intimidad física nunca había compartido sus sentimientos con él porque no estaba interesado y la vida en el palacio la aislaba de sus amigos.

Se miró al espejo y al ver las joyas se sintió avergonzada. En realidad, no tenía derecho a compadecerse de sí misma.

Suspirando, encendió dos lámparas y, dejando escapar un suspiro de alivio, se quitó los pesados pendientes y los dejó en una bandeja en el vestidor, junto con las pulseras de oro que eran una reliquia familiar. Con cada pieza que se quitaba parecía quitarse también un peso de los hombros. Levantó las manos para quitarse la tiara...

–¿Quieres que te ayude?

Safiyah se quedó inmóvil, mirando al hombre que había aparecido de repente con el pulso acelerado.

Karim era tan atractivo... La túnica tradicional acentuaba su superior estatura y sus anchos hombros. Se había quitado el turbante y, por alguna razón, ver su cabeza desnuda después de la formalidad de la ceremonia le parecía demasiado íntimo.

Como lo era el hecho de que estuviese en sus habitaciones privadas.

–Karim.

Safiyah se dio la vuelta y dejó caer los brazos a los costados. Su mirada era intensa, en contraste con su aspecto relajado mientras apoyaba un hombro en el quicio de la puerta.

No movió un músculo, pero parecía haber chispas

en el aire y Safiyah sintió el frenético aleteo de un millón de mariposas en el estómago.

—¿Qué haces aquí? —logró preguntar por fin.

—He venido a verte, obviamente —respondió él, apartándose de la puerta—. Date la vuelta.

—¿Perdona?

—Date la vuelta para que pueda quitarte la tiara.

—No necesito ayuda.

Demasiado tarde. Él ya había levantado las manos y Safiyah se encontró envuelta por el abrazo de la túnica blanca y el delicioso aroma a sándalo y hombre. Un aroma que le hizo recordar cómo se había perdido en aquel beso, en Suiza.

Él le quitó una horquilla, luego otra.

—No te inquietes. Deja que termine y luego hablaremos.

Quería hablar, pensó Safiyah. Seguramente sobre las celebraciones del día siguiente. Debía decirle que no podía entrar en sus habitaciones privadas cuando le diese la gana, pero se lo diría cuando estuviesen en el saloncito. Tenerlo en su espacio privado era demasiado inquietante.

Safiyah hizo una mueca cuando él intentó quitarle la tiara y, sin querer, se llevó un mechón de pelo.

—Lo siento, perdona —se disculpó él, esbozando una torpe sonrisa.

¿Cómo podía parecerle sexy algo tan absurdo?

—Espera, voy a darme la vuelta.

Necesitaba espacio para respirar, pero al darse la vuelta quedó frente al espejo, con Karim tras ella. Sus hombros eran demasiado anchos, demasiado masculinos. Y el roce de sus dedos parecía una deliberada caricia.

Sin duda habría desnudado a muchas mujeres y el

roce de sus dedos mientras le quitaba las horquillas del pelo era casi tan íntimo como el sexo con Abbas.

Safiyah parpadeó, sorprendida por tal pensamiento. Cuando levantó la cabeza, él le devolvió una mirada que la hizo sentir un estremecimiento. Algunas veces, pocas, mientras hacía el amor con Abbas, había estado a punto de… algo, no sabía qué.

–Ya está.

¿Se había imaginado que su voz sonaba más ronca de lo habitual? Karim le entregó la tiara y estaba a punto de darle las gracias cuando él hundió los dedos en su pelo para dejar caer la melena sobre sus hombros. Cada roce era un delicioso asalto a sus sentidos y tuvo que hacer un esfuerzo para no inclinarse hacia él.

Horrorizada, se apartó tan rápido que su pelo se enganchó en el antiguo anillo que Karim llevaba en el dedo y el dolor consiguió romper el hechizo.

–Perdona, qué torpe soy.

–No ha sido culpa tuya –murmuró ella, dejando la tiara en la bandeja, con las demás joyas–. ¿Vamos al salón?

Sin esperar respuesta, salió del vestidor y estaba atravesando el dormitorio cuando sus palabras la detuvieron.

–Podemos hablar aquí.

Karim estaba en medio del dormitorio, entre la puerta y la cama.

–Estaríamos más cómodos en el salón –sugirió ella, nerviosa.

–Lo dudo mucho.

La expresión de Karim ya no era impenetrable. Sus ojos brillaban y Safiyah reconoció la mirada de un hombre que estaba pensando en el sexo. Casi le pare-

ció ver un brillo de llamas en sus ojos verdes. Podía
ver los tendones marcados de su cuello y su inmovili-
dad la ponía nerviosa.

Safiyah dio un paso atrás. ¿Para evitar que la tocase o para no hacer alguna tontería?

Se debatía entre la angustia y el deseo de echarse
en los brazos de Karim y dejarle hacer lo que quisiera.
Porque eso era lo que quería desde aquel beso en
Suiza y se odiaba a sí misma por ello.

–¡No! No vamos a hacer eso.

– ¿Eso? –repitió él, burlón–. Qué timorata.

Karim, maldito fuera, esbozó una sonrisa, como si
todo aquello le pareciese muy divertido. Como si supiera que tenía que hacer un esfuerzo para no pensar
en acostarse con él.

–Pareces olvidar que el nuestro es un matrimonio
de conveniencia.

–Eso no significa que no podamos disfrutar de los
beneficios. ¿O vas a decir que no me deseas?

Safiyah se quedó sin aliento. Había adivinado su
secreto. Por supuesto que sí. De hecho, había tenido
que apartarla en la suite y el recuerdo parecía reírse
de ella.

Karim se cruzó de brazos con un irritante aire de
arrogancia que, desgraciadamente, era muy excitante.

Safiyah intentó concentrarse en la arrogancia. Ni
siquiera Abbas, en sus momentos más regios, la había
irritado con una sola mirada, pero Karim lo conseguía
solo con enarcar una ceja y con el perceptivo brillo de
sus ojos.

Al parecer, no veía razón para negarse a sí mismo
un poco de diversión con su flamante esposa. Safiyah
estaba allí y él estaba aburrido. Pero en Suiza no se
había molestado en disimular su desdén.

–No estoy aquí para complacerte cuando te convenga. Dejamos claro antes de casarnos que no nos acostaríamos juntos.

Karim dio un paso adelante y ella tuvo que levantar la cabeza para mirarlo. Sabía que debía ser fuerte. Karim se aprovecharía si viese el menor gesto de debilidad.

–Francamente, nada de esto es conveniente, Safiyah. En cuanto a lo que dijiste antes de casarnos… puedes cambiar de opinión.

–En realidad no quieres acostarte conmigo, solo quieres divertirte y quedar por encima. Es una cuestión de poder, ¿verdad? –le espetó ella. Solo quería dejar claro que él era quien tenía el poder en aquella relación. Era amable con Tarek, pero con ella era despiadado–. Ni siquiera te sientes atraído por mí. Dejaste eso bien claro en la suite.

–¿Ah, sí? –Karim esbozó una sonrisa, pero eso no sofocó el impacto de su mirada.

El aire parecía echar chispas y Safiyah tuvo que apretar los muslos para contener un torrente de humedad. ¿Cómo podía estar furiosa y excitada al mismo tiempo?

–No juegues conmigo, Karim. Dijiste que era un experimento y eso demuestra que no estás interesado.

–Un experimento, sí, pero el resultado fue evidente. Si no me hubiese apartado cuando lo hice habríamos terminado haciéndolo en el sofá.

Safiyah se quedó tan sorprendida que no encontraba la voz. Vívidas imágenes de los dos desnudos en el sofá daban vueltas en su cabeza. Esos largos brazos apretándola, ese cuerpo musculoso entre sus muslos…

De repente, supo que estaba en peligro. Y no por Karim, sino por ella misma. Qué fácil sería decir que sí, a pesar de cómo la había tratado cinco años antes.

–¿No se te ocurrió pensar que yo también estaba experimentando, que tal vez tomaste mi curiosidad por otra cosa? Si crees que he estado soñando contigo durante todos estos años, te equivocas.

Eso, al menos, era cierto. No se había permitido a sí misma soñar. Había intentado matar lo que sentía por él, como amputar un miembro, porque era la única forma de sobrevivir. Seguir soñando con lo que podría haber sido la hubiera destruido como la depresión había estado a punto de destruir a su hermana.

–Claro que no soñabas conmigo. Tenías otro príncipe al que atrapar.

El desdén de su tono fue como una bofetada. ¿Qué estaba diciendo, que había engañado a Abbas para que se casase con ella?

Pero antes de que pudiese replicar, Karim se inclinó hacia delante, invadiendo su espacio, llenando sus sentidos con el aroma de su ardiente piel masculina, unas feromonas que la hacían salivar de deseo.

–Me deseabas en Suiza, Safiyah. Los dos sabemos que es así. Y me deseas ahora. Lo veo en tus ojos, en la reacción de tu cuerpo.

Bajó la mirada hacia sus pechos, como si pudiera ver sus erectos pezones empujando la tela del vestido.

Safiyah negó con la cabeza, intentando ocultar su cara tras la melena. Quería esconderse donde él no pudiese encontrarla para no tener que enfrentarse con la verdad: que deseaba a Karim como nunca había deseado a otro hombre.

–Te estás imaginando cosas –murmuró–. Yo no te deseo.

Estaba a punto de desmoronarse, pero se negaba a apartar la mirada. Había hecho lo que había hecho para salvar a su hijo y haría lo que tuviese que hacer para salvar su cordura. Acostarse con Karim sería la peor idea posible, un error mayúsculo.

Sin embargo, cuando él la abrazó no fue desagrado lo que la dejó sin aliento. Los dos estaban vestidos, pero parecía tocarla por todas partes; sus pechos apretados contra el torso masculino, sus muslos pegados.

—Demuéstramelo. Bésame y apártate.

Safiyah intentó tomar aire, pero solo consiguió empujar sus pechos hacia él.

—No necesito demostrar nada —le espetó. Pero sostenerle la mirada era cada vez más difícil porque esos ojos verdes eran como un imán.

—Un beso y me iré… si tú quieres que me vaya.

—Claro que quiero. Yo…

Safiyah sacudió la cabeza cuando él enredó los dedos en su pelo. La caricia de sus dedos era tan sensual que, a pesar de todo, quería cerrar los ojos y dejarse llevar.

Había prometido no imponerse y había cumplido su promesa, pero el deseo que crecía dentro de ella era casi abrumador. Safiyah contuvo un sollozo mientras soportaba esa deliciosa tortura.

Era casi como si un hechizo la mantuviese inmóvil. No podía apartarse. Karim tomó su mano para besar suavemente la muñeca y el ardiente roce de sus labios provocó un relámpago en su interior.

Sin pensar, levantó la otra mano para tocar su cara y, como por voluntad propia, sus dedos se enredaron en su pelo.

Los ojos de Karim brillaban como esmeraldas. Tenía que apartarse, romper aquel hechizo de intimidad. Sabía que estaba jugando con ella y, sin embargo…

—Los dos queremos esto, Safiyah. Y disfrutarás, te

lo prometo, yo te haré disfrutar –murmuró Karim, esbozando una sonrisa–. Será…

–¡Mamá, mamá!

Antes de que Safiyah pudiera moverse, un pequeño torbellino entró en la habitación.

–¡Tarek! ¿Qué ocurre, hijo?

Safiyah tomó al niño en brazos y Tarek hundió la cara en su cuello.

–Lo siento, Señora –se disculpó la niñera, haciendo una reverencia al ver a Karim–. Mis disculpas, Majestad. No sabía que…

–No tienes que disculparte –se apresuró a decir él–. Parece que es una emergencia.

–Solo ha sido una pesadilla, Majestad. El niño quería ver a su madre…

–Me alegro de que lo hayas traído –le aseguró Safiyah, acariciándole el pelo a su hijo–. He dado instrucciones de que lo traigan aquí si se asusta por la noche.

Abbas había exigido que la niñera se encargase de Tarek por las noches para que no los interrumpiera si decidía hacer una visita al lecho conyugal, pero eso había terminado cuando murió.

–Me he asustado, mamá –murmuró el niño.

–Solo ha sido una pesadilla, cariño –dijo ella–. No tiene fiebre, ¿verdad?

–No, está bien, pero no dejaba de llamarla.

–Entonces, has hecho bien en traerlo –intervino Karim.

No parecía molesto o impaciente. De hecho, sonreía mientras le decía a la niñera que podía marcharse. Abbas se hubiera puesto furioso. No porque fuese una mala persona, sino porque creía que todo el mundo debía estar a su disposición. No había sido deliberadamente cruel, pero tampoco comprensivo. Su difunto marido no estaba acostumbrado a pensar en los demás.

Safiyah se preguntó entonces cómo aquel hombre, que había sido educado por un tiránico gobernante, podía reaccionar de forma tan diferente.

–¿Cómo está? –le preguntó Karim.

–Más calmado –respondió ella–. Pero es mejor que esta noche duerma conmigo.

Esperó que protestase, pero no lo hizo. Al contrario, se acercó y puso una mano sobre el hombro del niño.

–No pasa nada, Tarek. Tu madre cuidará de ti para que no tengas miedo –le dijo–. Os dejo para que descanséis. Hablaremos más adelante, después de la boda –añadió, mirándola a los ojos–. Pero hemos dejado algo sin terminar.

Luego se dio la vuelta y salió de la habitación, dejándola perpleja.

Tarek estaba cerrando los ojitos. Tenía sueño y Safiyah empezó a cantarle una nana, pero mientras el niño se quedaba dormido pensó en lo que Karim había dicho.

Tenían dos días más de celebraciones por delante y, después de eso, Karim esperaba que se rindiese. ¿Y qué iba a hacer ella?

Capítulo 7

A LA MAÑANA siguiente, Safiyah salió del baño envuelta en su albornoz favorito. Era viejo, pero había sido el último regalo de su madre. El algodón estaba gastado, pero el color le recordaba el pálido azul de los azafranes que crecían en las montañas donde ella había crecido.

Llevaba tiempo sin ponérselo porque Abbas esperaba que siempre llevase ropas suntuosas, pero ya no estaba allí para hacerle recriminaciones. Safiyah dejó escapar un suspiro. Su vida se había puesto patas arriba de nuevo y no estaba preparada para el efecto que Karim producía en ella. No quería confiar en él, no dejaba de recordar cuánto daño le había hecho cinco años antes, pero debía reconocer que era considerado, incluso amable. Como la noche anterior, cuando aceptó que Tarek se quedase a dormir allí sin protestar. Karim la confundía y la hacía desear cosas que no debería desear.

–¿Qué es eso? –le preguntó a su doncella cuando colocó un vestido sobre la cama.

Había pedido un vestido largo en tonos ocre y ámbar, pero en lugar de eso había un vestido de color lila bordado con pedrería.

–Es precioso, ¿verdad? El jeque ha pedido que se lo ponga hoy.

Safiyah se inclinó para tocar la túnica de seda, ligera como una pluma y con un bordado exquisito. Sería cómoda para estar al aire libre recibiendo los saludos de la gente y la luz del sol destacaría el brillo de la pedrería, reforzando su estatus como consorte del jeque.

–¿Y esos pantalones?

Había un par de pantalones bombachos para ponerse debajo de la túnica. El estilo era típico de las mujeres de las zonas rurales, pero Abbas siempre había preferido que llevase vestidos tradicionales.

–Son de su talla –respondió la doncella–. Alguien los ha encargado para usted.

Pero, ¿por qué?, se preguntó Safiyah. Ella era perfectamente capaz de elegir su atuendo y Karim no parecía la clase de hombre que se ocupaba de tales cosas. Pero aquel era un día importante y tal vez quería dar una buena impresión a los jefes de los clanes rurales. Esa ropa era un guiño a las tradiciones, de modo que sería buena idea, tuvo que reconocer.

–Muy bien –murmuró quitándose el albornoz.

Pero mientras la túnica de seda resbalaba por su piel como un zafiro del desierto, Safiyah no podía dejar de recordar las caricias de Karim. Había dicho que disfrutaría, que sería mejor de lo que esperaba.

Pero ella no había aceptado.

Aún.

Safiyah salió al patio principal y se detuvo de golpe, asombrada. El tintineo de metal sobre metal, el sonido de los cascos de los caballos sobre el suelo empedrado, el olor a cuero. ¿Qué estaba pasando allí?

El patio estaba lleno de jinetes y portadores de estandartes, con la bandera blanca y turquesa de Assara.

Tras ellos, los ancianos y los líderes de clanes rurales sonreían felices y orgullosos.

Hacía años que no se celebraban los desfiles ecuestres tan queridos por su gente y era muy inteligente por parte de Karim restaurar esa costumbre porque, evidentemente, eso era lo que pretendía.

–Safiyah.

Como si lo hubiera conjurado, allí estaba, dirigiéndose hacia ella, magnífico con un pantalón de montar y una capa del color de la arena del desierto. Sus poderosos muslos de jinete se flexionaban con cada paso… y el hecho de que se hubiera fijado en eso la hizo temblar.

¿Cómo iba a resistirse cuando su cuerpo la traicionaba de ese modo?

–Karim.

El día anterior se había mostrado solemne y orgulloso, como correspondía a un nuevo monarca. Aquel día sus ojos bailaban de alegría.

–Tienes un aspecto fabuloso –le dijo, tomando su mano y dando un paso atrás para admirarla.

El cumplido la emocionó, pero todo aquello era parte de un espectáculo. Karim quería dejar su marca en el país y dar una buena impresión no solo a los nobles, sino a los ciudadanos de a pie. Por eso había planeado ir a caballo, como los jeques de Assara habían hecho durante siglos.

–Por eso has enviado los pantalones. Quieres que participe en el desfile.

En ese momento un mozo apareció con dos caballos, un magnífico semental gris para Karim y una preciosa yegua de color castaño para ella. Al ver al animal, Safiyah se debatió entre el amor a primera vista y la decepción al saber que Karim se mostraba tan alegre porque su plan había tenido éxito.

Era absurdo imaginarse que ella le importaba. Solo era su esposa de conveniencia, pero le resultaba útil para conseguir la aceptación de su gente.

—Podrías habérmelo advertido.

—¿A qué te refieres?

—Podrías haberme dicho que iríamos a caballo.

—Pensé que sería una agradable sorpresa.

¿Había pensado que le gustaría? Safiyah sacudió la cabeza. El desfile era una maniobra de Relaciones Públicas, no lo había organizado para complacerla a ella. Pero que se hubiera molestado en darle una sorpresa tan agradable era inesperado y turbador. ¿Qué significaba?

—¿No me crees? —le preguntó Karim, mirándola con gesto arrogante.

—No, es que estoy sorprendida.

Y desconcertada.

—¿Agradablemente sorprendida?

—Sí.

—Me alegro.

Karim la miró de arriba abajo y Safiyah tuvo que hacer un esfuerzo para no ruborizarse como una virgen. Porque su expresión le recordaba cómo la había mirado por la noche, como si quisiera devorarla.

—¡Mamá!

Tarek salió corriendo al patio y ella lo tomó en brazos, riéndose.

—¿Has venido a ver qué pasaba, cariño?

—Ha venido para tomar parte en las celebraciones —dijo Karim—. Quiero que la gente vea que no ha sido apartado del trono.

Eso tenía sentido y sería bueno para Tarek, pero, de nuevo, Karim no le había consultado. Pero ¿de verdad había esperado que discutiese sus planes con ella cuando Abbas jamás lo había hecho? Una vez más, tendría que obedecer y hacer el papel que se esperaba de ella. Era estúpido sentirse decepcionada por que nada hubiese cambiado.

–¿Qué pasa, Safiyah? Pareces preocupada.

Ella intentó sonreír. Había perfeccionado una máscara durante esos cinco años y la necesitaba más que nunca porque temía que él pudiese ver lo que había detrás.

–Tarek nunca ha visto un caballo de cerca y no sabe montar. No puede tomar parte en el desfile.

No iba a dejar que Karim pusiera a su hijo en peligro solo para cubrir las apariencias, aunque su palabra fuese la ley en el país. Cuando se trataba del bienestar de Tarek, se negaba a someterse.

Su marido la miró en silencio durante unos segundos.

–No tienes buena opinión de mí, ¿verdad?

Antes de que pudiese responder, alguien salió al patio en ese momento.

–¡Rana!

Safiyah no se lo podía creer. ¿Su hermana allí? Karim la miraba con gesto serio, pero él era el responsable de la presencia de su hermana y la gratitud sofocó su indignación.

–Majestad –dijo Rana, haciendo una reverencia.

Karim tomó su mano con una encantadora sonrisa.

–Es un placer conocerte, Rana. Me alegro de que hayas venido para apoyar a tu hermana y a tu sobrino.

Safiyah miró de uno a otro. ¿Qué estaba pasando? Las mujeres no eran invitadas a los eventos reales. Ella había soportado interminables festividades sin compañía de nadie más que las doncellas que la atendían cuando se retiraba a sus habitaciones.

Antes de que pudiese pedir una explicación, uno de los ancianos se acercó para saludar a Karim, que se alejó discretamente.

–¡Sorpresa! –exclamó su hermana, dándole un beso en la mejilla–. Tu marido me ha invitado a alojarme en el palacio durante los próximos días. Es muy considerado, ¿no?

–Sí, lo es –murmuró Safiyah.

–La verdad, me había preguntado si de verdad querías casarte. Todo fue tan rápido.

Safiyah agradecía que su hermana no supiera nada sobre su previa relación con Karim porque entonces de verdad tendría dudas.

–Claro que quería casarme.

–Por Tarek, ya lo sé. Pero… ¿tal vez por ti misma también?

Safiyah tragó saliva, intentando sonreír. No era el momento de dar explicaciones. Karim había demostrado ser capaz de proteger su nueva posición y a su hijo. Eso era lo único que importaba. Su intención era dar la imagen de una familia unida y estable ante la nación. ¿Qué otra razón podía haber para todo aquello?

–Me alegro mucho de que estés aquí, Rana –le dijo, emocionada, inclinándose para besarla.

No estaba acostumbrada a tener a nadie a su lado y necesitaba tener a alguien en quien apoyarse porque los últimos días habían sido una montaña rusa de emociones.

–Bájame, mamá. Quiero ver a los caballos –dijo Tarek entonces.

–Cuando aprenda a montar no podrás bajarlo de la silla –bromeó Rana–. Como nos pasaba a nosotras.

Safiyah sonrió, contenta. Las dos habían aprendido

a montar antes de andar y era una de sus actividades favoritas.

—Si te portas bien, podrás acariciar a uno de los caballos.

—Quiero verlos ahora, mamá —insistió Tarek, haciendo un puchero.

—Espera, déjame —dijo Karim, tomándolo en brazos.

Safiyah no sabía qué era más sorprendente, el estremecimiento que le produjo el roce de su mano o verlo sosteniendo a Tarek como lo haría un padre de verdad. No recordaba que Abbas hubiese tomado en brazos a su hijo. Tal vez para alguna foto oficial.

Karim vio su gesto de desaprobación y frunció el ceño, molesto. ¿Qué le pasaba a aquella mujer? ¿Temía que le hiciese daño a Tarek? Había confiado en él lo suficiente como para casarse y, sin embargo, hacía todo lo posible por mantener las distancias.

Había organizado ese desfile por ella, se había molestado en llevar a su hermana y había incluido a Tarek para reforzar su imagen como heredero. Incluso había encargado un pantalón tradicional para que Safiyah estuviese aún más bella y seductora.

¿Y ella le había dado las gracias? No, nada. Ni siquiera una sonrisa de gratitud.

Claro que no debería haber esperado gratitud. La mujer que lo había abandonado cuando descubrió la verdad de su nacimiento lo había aceptado ahora solo para proteger a su hijo.

Karim miró al niño, que seguía haciendo pucheros. Quizá no debería haberlo tomado en brazos, pero le parecía mejor controlar una pataleta que tenerlo gritando durante el desfile.

—¿Quieres tocar a un caballo, Tarek?

–¡Sí!

–Ven, vamos a tocarlo.

Al ver la emoción del niño sintió como si volviese atrás en el tiempo, a esos raros momentos de su niñez cuando conseguía robar un rato para jugar con su hermano pequeño. Los ojos de Ashraf habían brillado del mismo modo.

Karim se acercó a la yegua de Safiyah, más pequeña y dócil, pero Tarek negó con la cabeza.

–No, ese otro –le dijo, señalando al semental gris.

Karim se encogió de hombros. Si era la primera vez que se acercaba a un caballo, el niño era muy valiente.

–Es Zephyr –le dijo. Y el animal resopló, moviendo las orejas.

Tarek se rio cuando el cálido aliento del animal le rozó la cara. Zephyr dio un paso atrás y Karim le habló en voz baja para calmarlo mientras el niño tocaba sus orejas.

–No tendrás miedo de un niño, ¿verdad, Zephyr? Un animal tan grande y fuerte como tú.

De nuevo, Tarek se rio, echándose hacia delante para abrazar la cabeza del animal.

–Espera, espera, dale la oportunidad de conocerte. Tienes que ir despacio con los caballos, dejar que te huelan.

El niño no parecía asustado, pero se apartó cuando Zephyr chupó la manga de su camisa.

–¡Me hace cosquillas con el morro! Pero no puedo mancharme porque mi padre dice…

«Su padre».

–Lo sé, pero las reglas han cambiado –se apresuró a decir Karim–. Puedes mancharte, no pasa nada.

Abbas empezaba a recordarle al exigente y severo

jeque, siempre recordándole la importancia de su apariencia, sus maneras, incluso su forma de caminar.

—¿Te cuento un secreto, Tarek?

—Sí —asintió el niño solemnemente.

—Es más importante ser feliz que estar limpio, pero no se lo digas a nadie, es un secreto real.

Tarek se rio y esa risa infantil lo emocionó. Karim no tenía mucha experiencia con niños, pero estaba decidido a hacer que Tarek tuviese una infancia feliz.

Por fin, Zephyr consintió en ser presentado e inclinó la cabeza para dejar que el niño lo tocase.

—Huele raro.

—No es raro, es el olor de los caballos.

—Me gusta.

Por el rabillo del ojo, Karim vio a uno de los mozos mirando el reloj con gesto preocupado.

—Muy bien, Tarek. Es hora de que vayas con tu tía. Hasta que aprendas a montar a caballo tendrás que ir en coche. ¿De acuerdo?

—¡Sí!

Cuando se dio la vuelta, Safiyah estaba mirándolo con expresión seria. ¿Qué pasaba ahora? ¿Iba a quejarse porque había dejado que el niño tocase al caballo? Pues tendría que acostumbrarse porque Tarek también era su hijo. Y esa idea le producía una emoción inesperada.

—¿Lista, Safiyah?

—Sí, yo…

—Es hora de empezar con el desfile.

Harían una ruta a través de la ciudad y tardarían una hora en llegar al escenario al aire libre donde tendrían lugar las celebraciones.

Sus ojos se encontraron y Karim se sorprendió al ver que no había enfado en ellos, sino incertidumbre.

Estaba pálida y el hoyuelo había asomado en su mejilla, de modo que estaba mordiéndose el carrillo.

–Gracias, Karim –dijo por fin–. Me alegra ver lo
bueno que eres con Tarek. Es más de lo que esperaba
y te lo agradezco.

Karim recordó lo que había dicho sobre su marido.
Y cuánto se parecía al jeque que lo había criado. La
simpatía y la amabilidad con los niños no era la norma
en todas partes. Tal vez eso explicaba su comportamiento.

–Te dije que quería lo mejor para el niño.

–También quiero darte las gracias por traer a Rana
–dijo Safiyah entonces–. Ha sido una sorpresa mara-
villosa. No sabes lo importante que es para mí tenerla
a mi lado.

Su curiosa expresión, una mezcla de ilusión y nerviosismo, hizo que algo se le encogiera en el pecho.
La sensación era tan nueva para él que lo dejó mudo
por un momento.

Se sentía… feliz, tan feliz como cuando creía que
Safiyah era una chica dulce y cariñosa. Pero esos días
habían quedado atrás y era importante que lo recordase.

Sin embargo, estaba ilusionado con su nuevo trabajo, con su gente. No quería preguntarse por los mo-
tivos de Safiyah o por sus propios sentimientos. No
tenía tiempo para eso. No estaba allí por los viejos
tiempos, sino para gobernar una nación.

Karim le ofreció su mano para ayudarla a subir a la
silla de montar. No era una caricia íntima, solo un
roce, pero esos ojos aterciopelados se clavaron en los
suyos con una mirada íntima y llena de promesas.

¿Sería auténtica o falsa?

Tal vez casarse con la viuda de Abbas y adoptar a

su hijo no había sido una proposición sincera al principio, pero empezaba a serlo. Empezaba a pensar que todo podría tener un final feliz.

Y había un aspecto de su matrimonio que Karim estaba deseando con enorme anticipación.

Acostarse con su mujer.

Capítulo 8

GRACIAS, ya puedes retirarte –dijo Safiyah cuando la doncella apartó el embozo de la cama.

La mujer desapareció después de hacer una reverencia y ella dejó de cepillarse el pelo y se levantó. Estaba demasiado inquieta como para permanecer sentada. Su hermana había vuelto a casa y le gustaría tanto tener a alguien con quien hablar…

Los tres días de celebraciones públicas habían pasado como un torbellino de rostros y buenos deseos. Al final, agotada y nerviosa, se había preparado para la confrontación con Karim.

Había dicho que iría a verla cuando terminasen las celebraciones para reclamar sus derechos maritales. Como si fuera una posesión para hacer con ella lo que quisiera.

Esa idea la encolerizaba. Sin embargo, si era totalmente sincera consigo misma, no era solo ira lo que sentía.

Pero Karim no había ido a su habitación cuando terminaron las celebraciones ni en los diez días que habían pasado desde entonces.

«¡Diez días!».

Cada noche, se preparaba para enfrentarse con él, pero no había aparecido. Al parecer, había cambiado de opinión y ya no quería acostarse con ella. O tal vez no lo había dicho en serio y solo estaba intentando inquietarla.

¿Qué había hecho para que la odiase tanto?

Harta de darle vueltas a la situación, se quitó la bata y entró en el vestidor. Unos segundos después, salía con una camisa, un pantalón y botas de montar.

Lo que necesitaba era tomar el aire. Al menos allí, en el palacio de verano, podía galopar por la playa sobre la preciosa yegua que le había regalado Karim.

Supuestamente, su retrasada luna de miel empezaba aquel día. El palacio estaba lo bastante cerca de la capital como para que Karim pudiese acudir a cualquier reunión imprevista, pero era un recinto absolutamente privado, perfecto para dos recién casados.

Si los recién casados tuviesen algún interés el uno por el otro.

No había visto a Karim desde que llegaron allí. Su marido había ido directamente al estudio, seguido de un par de secretarios, dejándola a ella, Tarek y la niñera en sus habitaciones.

Dejando escapar un suspiro de irritación, Safiyah decidió que sería mejor galopar un rato con su yegua que preguntarse por qué Karim no se dignaba a visitarla. Llevaba diez días queriendo romper esa insoportable tensión, sabiendo que por fin se rendiría a su debilidad por su marido de conveniencia.

Veinte minutos después, trotaba sobre su yegua por el camino que llevaba a la playa. Safiyah respiró el aroma del mar, mezclado con el consolador aroma del animal, intentando animarse.

Después de todo, había cosas peores que un marido que la dejaba en paz.

Sintió un escalofrío al recordar cómo Hassan Shakroun la había desnudado con la mirada tras la muerte de Abbas. Imaginarse esas manos asquerosas sobre su cuerpo era tan horrible como pensar en el peligro que podría haber corrido su hijo.

Casarse con Karim había sido la decisión más sensata. Tarek estaría protegido y… bueno, ella había sobrevivido a un matrimonio sin amor y lo haría de nuevo. Viviría felizmente sin sexo. De hecho, debería alegrarse de que Karim no quisiera acostarse con ella.

Pero su vocecita interior le decía que tal vez había algo más en el sexo de lo que había experimentado con Abbas, que tal vez con otro amante más considerado podría sentir placer.

–Vamos, Lamia –animó a su yegua–. Vamos a correr.

Estaban llegando a la playa cuando oyó el sonido de un trueno. Levantó la mirada, pero el cielo estaba llenándose de estrellas, no de nubes. Además, era un fragor interminable.

Safiyah miró por encima de su hombro y se quedó atónita al ver un caballo gris galopando hacia ella. Un caballo inconfundible y un hombre inconfundible.

«Karim».

Parecía un centauro, como si fuese parte del animal, sus movimientos perfectamente sincronizados. La urgencia del galope la dejó sin aliento, casi asustada, aunque no temía a Karim, sino a sí misma y el anhelo que aquel hombre despertaba en ella.

El instinto de huir era abrumador. Tenía que alejarse del hombre en el que no podía dejar de pensar. Karim la abrumaba, le hacía sentir cosas que no quería sentir. Después de diez días esperando que fuese a su habitación, no estaba preparada para enfrentarse con su debilidad por él.

Safiyah clavó los talones en los flancos de la yegua, animándola a galopar mientras el trueno de los cascos del semental se acercaba cada vez más. Agitada, se inclinó hacia delante, animando al animal.

Pero no iba lo bastante rápido porque el sonido de los cascos del caballo se acercaba cada vez más. Siguió galopando, desesperada por alejarse de su perseguidor y de lo que representaba. Alejándose del hombre que había despertado un deseo que no le permitía descansar.

Le había quitado la tranquilidad y tenía que alejarse para preservar su cordura y su amor propio.

Estaba a punto de tomar un estrecho sendero que discurría entre las rocas cuando una oscura sombra se interpuso en su camino.

Pero Safiyah no se rindió. Si podía llegar al sendero antes que él…

Sin embargo, no pudo ser. Karim se inclinó para tirar de las riendas de la yegua y el animal aminoró el galope.

El corazón de Safiyah latía acelerado cuando por fin se detuvo al lado del semental, con el roce de la pierna de Karim despertando una tormenta de sensaciones, con el silencio roto solo por la respiración de los caballos.

—¿Se puede saber qué estás haciendo? –le espetó él por fin, indignado.

Safiyah se irguió, negándose a dejarse intimidar.

—Estaba galopando un rato, creo que es evidente.

—Ibas directamente hacia las rocas –replicó Karim, con los dientes apretados.

—¿Crees que no las había visto? Iba a tomar un sendero para volver al palacio.

—¿A esa velocidad? Te habrías roto el cuello.

Safiyah miró el estrecho sendero que había entre las rocas. La ruta no parecía tan fácil, pero se negaba a darle explicaciones. No podía contarle por qué había querido escapar porque eso revelaría el miedo que quería ocultarle. El miedo de que la abrumase, de perder la confianza en sí misma. No podía perder eso cuando más lo necesitaba.

—Soy más que capaz de decidir por dónde quiero cabalgar. No necesito que tú me lo digas.

Un rugido escapó de la garganta de Karim. Nunca había oído nada tan salvaje. Él siempre había sido el paradigma de la urbanidad, siempre en control de sus emociones.

—¿Quieres matarte? ¿Y qué pasaría entonces con Tarek? ¿Qué haría tu hijo si te rompieses el cuello?

—¡No metas a Tarek en esto!

¿Cómo se atrevía a acusarla de ser una madre irresponsable? Safiyah hizo una mueca al pensar en el sacrificio que había hecho por su hijo: renunciar a su libertad por un hombre que la detestaba.

Airada, soltó las riendas y saltó de la silla de montar.

—¿Dónde crees que vas?

Safiyah siguió adelante sin responder. Solo había dado media docena de pasos cuando Karim la agarró del brazo, obligándola a darse la vuelta. Su imponente estatura, sus anchos hombros… odiaba admitirlo, pero era impresionante.

—No me des la espalda, Safiyah.

Lo había dicho en voz baja, pero ella sintió un escalofrío. Abbas no la había afectado de ese modo ni en sus momentos más imperiosos.

No podría soltarse aunque quisiera, de modo que en lugar de desafiarlo hizo una burlona reverencia.

—Por supuesto, Majestad. Qué descuido por mi parte olvidar la etiqueta.

Karim dejó escapar un suspiro de exasperación antes de soltarla.

90

—No juegues conmigo, Safiyah. No servirá de nada.

Estaban tan cerca que tenía que echar la cabeza hacia atrás para mirarlo a los ojos. No podía descifrar su expresión, pero sabía que estaba enfadado.

Mejor. Ya era hora de que alguien le dijese las cosas claras.

—Voy a buscar a los caballos.

Safiyah iba a apartarse, pero él le sujetó el brazo.

—Déjalos, no van a ir a ningún sitio —Karim hizo una pausa—. ¿Por qué huías, Safiyah? Sabías que era yo.

Ella se encogió de hombros.

—Quería galopar un rato. Sola.

—No mientas.

—No estoy mintiendo.

—¿Era por esto?

Karim inclinó la cabeza y se apoderó de sus labios. Safiyah, temblando de deseo y de rabia, ni siquiera intentó apartarse. Solo tenía que aguantar unos segundos, hasta que se cansase de besarla. Estaba furioso, en realidad no la deseaba.

Pero mientras pensaba eso todo cambió.

La estrechó contra su torso, deslizando una seductora mano por su espalda mientras con la otra tiraba hacia atrás de su pelo, enredando los mechones posesivamente entre sus dedos. Estaban tan cerca que notaba el bulto marcado bajo el pantalón, tan viril que Safiyah dejó escapar un gemido de rendición.

Ese gemido fue un error porque Karim aprovechó para deslizar la lengua entre sus labios, provocándole un estremecimiento de excitación que no pudo disimular.

Se dijo a sí misma que no debería querer aquello. No debería desearlo, ni su sabor, ni su aroma a sándalo, ni ese cuerpo musculoso. Y no debería sentir un cosquilleo entre las piernas cuando Karim empujó su descarada erección hacia ella.

Pero no había forma de escapar. Sin pensar, clavó los dedos en sus hombros, acariciando los duros músculos. Safiyah quería soltarlo, pero su cuerpo parecía tener voluntad propia.

Karim murmuró algo sobre sus labios, podría ser su nombre, no estaba segura. Y luego la besó con un ardor que le hizo perder la cabeza y se agarró a él mientras todo daba vueltas a su alrededor en una explosión de sensualidad.

Cuando pudo pensar de nuevo, descubrió que Karim había metido una mano bajo la camisa y estaba acariciando sus pechos. Se le doblaron las rodillas cuando empezó a hacer círculos sobre un pezón con el pulgar hasta que se irguió.

Safiyah temblaba de gozo. Todo lo que hacía parecía planeado para darle placer y el torrente de humedad que provocó entre sus piernas la sorprendió. ¿Cómo podía sentir aquello cuando no lo deseaba?

«Pero lo deseas, Safiyah. Lo deseas desde que volviste a verlo. Lo has deseado durante años».

Había intentado no reconocerlo, pero negarlo era imposible cuando estaba temblando. Solo el apoyo de su abrazo la mantenía en pie.

Como si le hubiera leído el pensamiento, Karim se apartó para tomarla en brazos, apretándola contra su poderoso torso mientras se dirigía hacia las rocas.

Y Safiyah lo deseaba. No iba a protestar cuando el calor entre sus piernas se había convertido en un latido urgente, incontrolable y salvaje.

Lo último que vio fue a los caballos mordisqueando la hierba. Y luego su mundo se puso patas arriba cuando

Karim la dejó sobre la arena y se puso de rodillas sobre ella, con el rostro a contraluz.

En ese instante pensó que tenía derecho a ese momento. Había ido allí para alejarse de Karim, pero aquello… lo que fuera, era tan imparable como la subida de la marea.

Karim se colocó a horcajadas sobre sus muslos, el calor de su cuerpo atravesaba la tela del pantalón. Un segundo después, desabrochaba su camisa con dedos expertos, sin dudar.

Safiyah quería desabrochar la suya con la misma urgencia. Iba a moverse, pero él la aprisionó con sus fuertes muslos.

Sus ojos brillaban a la luz de las primeras estrellas y la tensión de su rostro era la de un hombre a punto de perder el control. Con un rápido movimiento se quitó la camisa… y ella tuvo que tragar saliva.

Había notado los sólidos músculos bajo la camisa, pero la desnuda realidad la dejó helada.

Karim era como una antigua escultura de idealizada masculinidad. Hombros anchos, piel morena, suave vello oscuro cubriendo su torso. Safiyah puso las manos sobre los marcados pectorales, pálidas en contraste con su piel. Intrigada, deslizó los dedos por sus abdominales…

Las costillas de Karim se expandieron cuando intentó respirar. En la penumbra solo podía oír su entrecortada respiración y el pulso de su sangre, más fuerte que el ruido de las olas. Sintiéndose atrevida, rozó con los nudillos su estómago plano y la línea de vello que desaparecía bajo el cinturón. Notó que sus músculos se tensaban con cada roce… y le pareció increíblemente erótico.

—Me deseas —dijo él entonces con voz ronca.

No era una pregunta. ¿Cómo iba a serlo cuando podía ver el deseo en cada una de sus caricias, en su agitada respiración, en cómo se lo comía con los ojos? Sin embargo, se sentía obligada a replicar porque estaba retándola a admitir lo que había intentado ocultar, lo que no quería reconocer.

Safiyah tragó saliva, sabiendo que aquel era el momento de la verdad. Sin testigos más que el vasto mar y las estrellas ya no podía seguir escondiéndose.

—Te deseo, Karim —murmuró—. Y tú me deseas a mí, ¿verdad?

Él esbozó una sonrisa que parecía casi un gesto de dolor.

—Por supuesto.

Tomó su mano y tiró de ella para ponerla sobre el bulto de su pantalón. Safiyah empujó suavemente y Karim apretó los dientes en un gesto de placer.

Verlo medio desnudo, echando hacia atrás la cabeza como para controlarse, era la imagen más excitante que había visto nunca. El latido que sentía entre sus piernas se volvió urgente y, sin pensar, se apretó contra los fuertes muslos masculinos.

Las sensaciones eran a la vez deliciosas y aterradoras. Lo había deseado durante tanto tiempo… aunque se decía a sí misma que no era así.

La profundidad de su deseo la asustaba y eso le dio fuerzas para apartar la mano, pero Karim se lo impidió.

—¿Qué haces?

—No has ido a mi habitación —empezó a decir Safiyah con voz ronca—. Diez largos días. Me has ignorado durante diez días.

¿Cómo podía estar segura de que aquello no era una cruel broma, un juego para él?

–¿Vas a echármelo en cara?

–No, no es eso.

De repente, Safiyah se dio cuenta de que aquello era un terrible error. Estaba con un hombre que había jugado con ella cinco años antes, desnudándole no solo su cuerpo, sino su alma. Intentó apartarse de nuevo, pero él la sujetó con esos fuertes muslos de jinete.

–Lo siento.

Su disculpa la dejó inmóvil. Su disculpa y el sensual roce de sus dedos mientras la acariciaba por encima del sujetador.

Sin poder evitarlo, Safiyah arqueó la espalda para recibir sus caricias y, cuando Karim apretó sus excitados pezones entre el índice y el pulgar, tuvo que contener un grito de placer.

–Quería estar contigo, pero no podía hacerlo –murmuró, inclinándose hacia ella, rozando sus pechos con su aliento.

–¿Por qué?

–Tenía demasiado trabajo. Necesito reunir apoyos para que Shakroun no empiece a crear problemas –Karim apretó sus pechos por encima del sujetador y su interior se convirtió en lava derretida–. He trabajado día y noche para evitar que cuestione mi puesto en el trono, para que Tarek y tú estéis a salvo.

Safiyah tembló de la cabeza a los pies. No sabía si era porque Karim quería proteger a su hijo o por el erótico placer que le proporcionaban sus caricias, pero su indignación y sus miedos se fueron como el agua con la marea.

Karim desabrochó el sujetador y lo apartó a un lado, inclinándose para besar sus pechos mientras la apretaba entre sus muslos, impidiendo que se moviera. Se metió un pezón en la boca y lo chupó, provocándole un estallido de gozo desde el pecho hasta el útero. Mientras lo hacía, acariciaba el otro pecho con la mano y Safiyah se arqueó, intentando abrir las piernas.

Nunca había conocido tal deseo. Todas sus dudas quedaron olvidadas mientras clavaba las manos en sus caderas. Quería que se apartase para poder abrir las piernas, quería que llenase ese vacío dentro de ella.

Pero Karim no dejaba que se moviese y tuvo que controlar un grito de protesta. Estaba ardiendo y quería más. Había sentido una débil sombra de algo parecido en el pasado, pero nunca con tal intensidad.

Seguía intentando absorber todas esas nuevas sensaciones cuando Karim se apartó para quitarle las botas y los calcetines. Luego, con manos expertas, tiró a la vez del pantalón y las bragas y Safiyah levantó las caderas para ayudarlo. El aire fresco acariciaba su piel desnuda, aumentando su ardor.

Quería ayudar a Karim a desnudarse, pero él se puso de rodillas para mirarla en silencio.

—Eres preciosa –dijo con voz ronca, acariciándola posesivamente.

—Vas muy despacio. Quítate la ropa.

Nunca había hablado así. Nunca había hecho demandas sexuales, pero algo en ella se había alterado. Tal vez la desinhibida carrera por la playa había despertado a una mujer más elemental, menos juiciosa. Tal vez con Karim se sentía capaz de admitir su propio deseo en lugar de someterse al deseo de otros.

Karim se apartó de ella, pero no para quitarse el pantalón, sino para separar sus piernas con las dos manos.

—Me gusta una mujer que sabe lo que quiere.

Luego, ante sus asombrados ojos, se dejó caer sobre la arena y enterró la oscura cabeza entre sus muslos.

Safiyah sintió la lenta caricia de su lengua como una estela de fuego. Nunca la habían acariciado así y un gemido ahogado escapó de su garganta.

Temblaba de arriba abajo, debatiéndose entre el rechazo y el gozo. Sin saber lo que hacía, puso las manos sobre su cabeza. Debería apartarlo porque lo que estaba haciendo la hacía sentir... lujuriosa, lasciva. La asustaba y la excitaba a la vez.

Estaba a punto de...

Karim siguió acariciándola con la lengua y Safiyah abrió la boca para decirle que parase, pero de repente perdió la voz, se perdió a sí misma en un perfecto momento de placer.

No un momento, sino una eternidad. Algo imparable que recorría su tembloroso cuerpo. El gozo se convirtió en una conflagración que la catapultó hasta las estrellas.

Karim la envolvió en sus brazos y cerró los ojos, intentando encontrar aliento. Sabía que iba a darle placer, pero no que también él iba a sentirlo. Hacerla gozar había sido una revelación.

Pero dejó de catalogar por qué era diferente y se limitó a abrazarla hasta que, por fin, Safiyah giró la cara hacia él, rozando su clavícula con los labios.

Estaba temblando de anticipación, deseando hundirse en ese hermoso cuerpo, cuando notó algo húmedo en el hombro.

Cuando la miró, vio que dos lágrimas plateadas rodaban por sus mejillas.

–Estás llorando –murmuró. Había tenido alguna amante particularmente emotiva, pero ver a Safiyah llorando desató algo en su pecho.

–¿Ah, sí? No me había dado cuenta. Lo siento, es que nunca…

–¿Nunca qué? ¿Estás diciendo que nunca has tenido un orgasmo?

Safiyah se puso colorada como si la hubiese acusado de algo y eso lo confundió.

–No, yo…

–Dímelo.

Estaba tan excitado que un simple movimiento podría hacer que explotase antes de quitarse el pantalón, pero necesitaba respuestas.

–No importa –murmuró ella, alargando una mano para desabrocharle el cinturón–. Yo sé lo que quieres.

Pero ya no parecía dispuesta, sino sumisa. Karim sujetó su mano y notó que temblaba. ¿Por el orgasmo o por otra cosa?

–Lo que quiero es una respuesta.

Sentía curiosidad por su relación con Abbas. Durante años no había querido pensar en ello, pero ahora la necesidad de saber lo consumía.

–Pero tú aún no…

–Puedo esperar –la interrumpió Karim–. Dímelo, Safiyah.

–No es nada. Es que estoy un poco abrumada.

–¿Porque nunca habías tenido un orgasmo?

Esa idea lo dejó atónito. No cambiaba nada, por supuesto. ¿Qué más daba que Safiyah no hubiese encontrado satisfacción con su marido? Pero su deseo de satisfacerlo sugería que estaba acostumbrada a dar más que a recibir placer.

Karim no entendía por qué le importaba, pero le importaba y mucho. Aunque era una tortura en su estado, la apretó contra su pecho hasta que volvió a respirar con normalidad. Más tarde, cuando la oyó suspirar, se apartó un poco.

–¿Qué haces?

–Buscar mi ropa. Tenemos que volver al palacio –respondió Karim, intentando controlar su erección de algún modo, aunque era casi imposible.

–¿No me deseas?

Cuando giró la cabeza, Safiyah estaba abrazándose las rodillas. Su pálida piel brillaba seductoramente y tuvo que hacer un esfuerzo sobrehumano para no abrazarla y seguir donde lo habían dejado.

–Claro que te deseo –Karim tomó aire, decidido–. Pero cuando te tome, Safiyah, quiero que sea en una cómoda cama, no sobre la arena. Y no quiero que termine en unos segundos.

Sonaba bien en teoría, pero no estaba seguro de que pudiese aguantar, ni en la cama ni fuera de ella. Por qué importaba el sitio no estaba seguro, tal vez porque sospechaba que Safiyah no había disfrutado del sexo con su marido.

Además, no quería que compartiese su cama solo por sentido del deber. La quería como la había visto momentos antes, loca de pasión y deseo. Safiyah se merecía más que un rápido revolcón en la playa.

Quería que su primera vez fuese especial.

Aunque se negaba a pensar en lo que significaba eso.

Capítulo 9

SAFIYAH, sentada al borde de la cama, escuchaba el ruido de la ducha.

Karim apenas había dicho una palabra mientras volvían al palacio, ni cuando dejaron los caballos en el establo y subieron al dormitorio.

Pero no dejaba de pensar en lo que había dicho en la playa. Porque al fin había dejado de esconderse. Deseaba a su nuevo marido y quería estar con él. Aunque sabía por pasadas experiencias que el acto sexual sería menos que satisfactorio, seguía deseándolo.

¿Porque había tenido un orgasmo por primera vez?

Esa sería la explicación más sencilla, pero se negaba a aceptar nada que no fuese la verdad.

A pesar de su rechazo, Karim nunca había dejado de importarle. Después de casarse con Abbas, había guardado sus sentimientos por él en un rincón de su corazón para dedicarse enteramente a su marido. Pero ahora no había nada que controlase esos antiguos sentimientos y eran más fuertes que nunca.

Se movió, intentando aliviar el cosquilleo que notaba entre las piernas, inexplicable después del asombroso orgasmo. Sentía el abrasivo roce de la arena bajo la ropa y quería lavarse, pero él había entrado en el cuarto de baño y ella, por costumbre, se contentaba con esperar como había hecho siempre.

Pero estaba nerviosa, incómoda. Quería lavarse… y quería a Karim.

Él había dicho que la quería en una cama, donde pudiera tomarse su tiempo. No quería una cópula ardiente y dura que terminase en unos segundos.

Para ella, el sexo terminaba casi antes de que hubiera empezado y estaba acostumbrada a la sensación de haberse perdido algo. Pero ahora sabía lo que se había perdido y quería más. ¿Cómo sería llegar al éxtasis con Karim dentro de ella?

Safiyah se abrazó a sí misma, intentando contener su excitación, pero una imagen daba vueltas en su cabeza: ella entrando en el baño, quitándose la ropa y reuniéndose con Karim en la ducha.

No podía dejar de recordar lo atractivo que era sin camisa. ¿Cómo sería totalmente desnudo?

Abbas se habría quedado horrorizado si hubiese hecho algo así. Él siempre había tomado la iniciativa en la cama y, en realidad, ella nunca había tenido interés. Pero Abbas nunca la había acariciado con la boca como Karim y nunca se había preocupado por darle placer. Ver a Karim hacerlo esa noche la había sorprendido tanto que empezaba a cuestionarse lo que sabía sobre él.

Durante años lo había creído un hombre cruel, frío. Sin embargo, había adoptado a su hijo para convertirlo en su heredero y se mostraba amable y atento con ella. Y el sexo… en fin, tal vez aquel forzado matrimonio podría no ser tan horrible.

Safiyah recordó la evidente erección de Karim mientras montaba sobre la silla, haciendo una mueca de dolor. Pensó en esa cabeza de ébano entre sus muslos y en sus extraordinarias caricias.

Aunque Karim era un enigma, una cosa era evidente: no se parecía a Abbas. Las reglas de aquel matrimonio serían decididas por los dos y pensar eso la hizo sentirse valiente.

Safiyah se dirigió al baño con el corazón acelerado, pero cuando abrió la puerta no había una nube de vapor ocultando el cuerpo desnudo de su marido como había esperado.

Estaba de pie, con las manos apoyadas en la pared de baldosas, la cabeza inclinada, dejando que el agua cayera sobre sus hombros, sus fuertes nalgas y sus largas y musculosos piernas.

Temblando, Safiyah se quitó la ropa. No sabía bien lo que estaba haciendo, pero abrió la puerta de la ducha y…

Fue recibida por un chorro de agua helada y lanzó un grito de horror.

—¿Safiyah?

—¿Por qué te duchas con agua fría? —exclamó ella, intentando salir de la ducha.

Riéndose, Karim la tomó por la cintura y abrió el grifo del agua caliente.

—¿Por qué suelen tomar los hombres duchas frías?

Sin darse cuenta, ella miró hacia abajo. El agua fría no parecía haber hecho efecto porque estaba erecto… y muy bien dotado.

El cosquilleo que sentía entre las piernas se intensificó y, sin saber qué hacer, cambió el peso del cuerpo de un pie a otro, consciente de su propia desnudez.

—Entonces, ¿no quieres sexo?

A Safiyah se le encogió el estómago. Cinco años atrás había creído que le importaba, que incluso podría amarla. De hecho, había esperado que le propusiera matrimonio en cualquier momento. En lugar de eso, su padre y ella habían tenido que volver a Assara para cuidar de su hermana y él no había vuelto a llamarla. Había pasado de la felicidad a la más profunda tristeza en un momento.

Safiyah intentó salir de la ducha, pero él la tomó por los hombros y le dio la vuelta.

—Pues claro que te deseo. ¿No te has dado cuenta?

Le dio un vuelco el corazón cuando él dijo que la deseaba. No solo sexo, la deseaba a ella. Estaba perdiendo la cabeza, pero no encontraba energía para preocuparse por eso.

Karim miró sus pechos desnudos con un gesto de masculina admiración. Le latía el pulso en la sien y, cuando sus ojos se encontraron, Safiyah se quedó sin aliento. La miraba con tal intensidad, con tal ardor…

—Entonces, ¿por qué no haces algo al respecto?

Karim soltó una carcajada.

—Porque quiero que disfrutes y temo explotar en cuanto te toque.

Era la segunda vez que decía eso y Safiyah no sabía si sentirse halagada o frustrada.

—Pero yo ya he disfrutado.

Nunca había experimentado nada así, pero no iba a decirlo en voz alta para no darle demasiada importancia.

Sonriendo, bajó una mano para acariciarlo, sorprendida por el tamaño y la dureza de su miembro.

Karim se inclinó para decirle al oído:

—Y vas a disfrutar aún más.

Pero en lugar de cerrar el grifo y abrir la puerta de la ducha, la empujó suavemente contra la pared. Safiyah tembló al sentir el roce de su piel desnuda, excitada como nunca, sintiendo una especie de efervescencia en la sangre.

Su miembro era suave como terciopelo sobre una

barra de puro acero, mucho más grande de lo que había esperado.

Como si hubiera notado su repentina ansiedad, Karim se apartó.

–Volveremos al dormitorio y lo haremos despacio.

Iba a cerrar el grifo, pero Safiyah le sujetó la mano.

–No –dijo en voz baja–. No quiero esperar.

Para reforzar su determinación, tomó sus manos y las puso sobre sus pechos. De inmediato, él empezó a acariciarla con una exquisita presión, apretando sus pezones mientras la rozaba con su erección.

–No, espera…

Karim levantó una mano para presionar su labio inferior con un dedo hasta que Safiyah se lo metió en la boca.

–Bruja.

Esos ojos verdes parecían comérsela mientras insinuaba un fuerte muslo entre sus piernas. Un momento después, sintió el roce de sus dedos en su lugar más íntimo.

Safiyah lo miraba a los ojos mientras la acariciaba, apretando los muslos para que no apartase la mano.

–Te gusta esto, ¿verdad? Y te gusta cuando te beso ahí.

Ella tragó saliva, intentando encontrar la voz y fracasando. Asintió con la cabeza, preguntándose cuánto tiempo podría aguantar de pie cuando cada roce de sus dedos hacía que le temblasen las rodillas.

Le encantaba lo que le hacía, pero no quería limitarse a recibir placer. Quería participar, de modo que lo agarró con las dos manos y empezó a acariciarlo de arriba abajo, deleitándose al ver que cerraba los ojos.

–Y yo pensando… quería ir despacio –dijo Karim

con voz ronca mientras la tomaba en brazos–. En-
vuelve las piernas en mi cintura.

Parecía tener que hacer un esfuerzo sobrehumano
para mantener el control, como en la playa. Pensar
eso la emocionó y envolvió las piernas en su cintura,
agarrándose a sus hombros con todas sus fuerzas.

Pero no había tiempo para sentirse triunfante. Safiyah contuvo un gemido cuando él la empaló con una
deliberada y lenta embestida.

No podía dejar de mirarlo mientras se movía adelante y atrás. Una segunda embestida desató algo dentro de ella, algo completamente nuevo y un poco aterrador, especialmente aplastada contra la pared de la
ducha, sin poder sujetarse a nada más que a sus hombros. Pero al mismo tiempo se sentía exultante, satis-
fecha como nunca.

–Sí –murmuró, con los dientes apretados–. Me
gusta eso.

Karim agarró sus caderas, colocándola en el án-
gulo que quería. Pero en lugar de sentirse utilizada,
Safiyah se sentía poderosa. Ella había elegido aquello. Karim estaba despertando todas las células de su
cuerpo y parecía a punto de estallar en llamas.

Las llamas se convirtieron en un incendio cuando
Karim presionó el sensible capullo que tenía entre sus
piernas con el pulgar. Safiyah dio un respingo, sintiendo como si hubiera sido golpeada por un rayo.

Karim esbozó una sonrisa de pura satisfacción
masculina y ella respondió apretándolo con sus músculos internos.

Él siguió sonriendo mientras se hundía en ella con
poderosas embestidas, con los tendones del cuello marcados y los ojos vidriosos.

Pero aquello no era un deber. Aquello era lo que

había deseado, estar con Karim, conectados de un modo que era demasiado profundo para ser solo sexo.

Dejó de pensar cuando Karim cambió de postura, penetrándola más profundamente. Por un momento todo quedó inmóvil y, un segundo después, se sintió lanzada a un abismo en el que el gozo se mezclaba con algo mucho más complejo.

Safiyah oyó un grito, sintió los últimos, desesperados, envites de Karim dentro de ella y lo abrazó mientras él se dejaba ir.

Unos minutos después, la llevó a la cama y volvió a hacerle el amor hasta el amanecer. Las almohadas habían desaparecido, pero daba igual. Haría falta un tsunami para que pudieran moverse.

Karim estaba jadeando, sin fuerzas, pero levantó una mano para acariciar su pelo, como una cortina de seda sobre sus hombros.

Safiyah estaba encima de él, erótica y exuberante. Si tuviese más energía se dedicaría a explorar su cuerpo centímetro a centímetro. Estaba fascinado por su reacción, una mezcla de deseo incontenible y timidez, pero después de una noche dedicada al placer carnal tendría que esperar para reunir fuerzas.

Intentaba entender lo que había pasado esa noche con algo que en otro hombre podría ser pánico, pero él nunca se había dejado llevar por el pánico. Meditaba, sopesaba sus opciones y hacía lo que era más sensato. Había sido educado de ese modo, pero la lógica no lo ayudaba en ese momento.

El sexo con Safiyah había sido fenomenal, urgente, explosivo y profundamente satisfactorio. Y terriblemente adictivo. Cuanto más compartían, más la deseaba.

Karim nunca se había sentido desconcertado por las demandas de su libido, pero parecía estar intentando compensar por el tiempo perdido. Además, el sexo con Safiyah era más real, más satisfactorio que con cualquier otra amante. Era diferente a otras experiencias y eso lo inquietaba.

Había esperado que su primera noche fuese memorable, pero aquello era mucho más de lo que había anticipado. Más ardiente y excitante de lo que nunca hubiera podido imaginarse, tanto que había explotado con la fuerza de un cohete.

Se había negado su propio placer para llevarla al clímax una y otra vez, a pesar de sus ruegos y demandas, hasta que, al final, tenía que ceder.

Era como si estuviese intentando grabarlo en su inconsciente para que asociase el éxtasis con él y solo con él. Como si quisiera borrar el recuerdo de su primer marido.

¿Estaba celoso de un muerto?

No, claro que no. Y menos desde que supo que Abbas no le había dado placer en la cama. Que hubiera utilizado a Safiyah solo para su propia satisfacción, sin pensar en ella, era repugnante. Nunca le había gustado Abbas, pero ahora lo despreciaba.

Pero eso no descifraba el otro enigma. ¿Por qué con Safiyah el sexo le parecía algo más que una expresión de lujuria y placer físico? Karim frunció el ceño, diciéndose a sí mismo que debía de haber una explicación razonable. Alivio después del estrés de esas semanas, quizá.

Safiyah se movió en ese momento.

–¿Estás despierto?

–Apenas.

Ella se rio, un sonido dulce y atractivo. Sentía la vibración de su risa en el corazón y ansiaba volver a oírla reír.

Por qué, no lo sabía. Pero sí sabía que esa sensación de cercanía, de intimidad emocional, era peligrosa.

La noche de deseo se había transformado en algo más profundo, algo parecido a lo que había sentido por ella cinco años antes, cuando aún tenía el poder de hacerle daño, y no solo a su orgullo, tuvo que admitir por fin.

Pero eso no podía ser. Por espectacular que fuese el sexo, tenía que recordar por qué se había casado con ella. No debía pensar que era algo más que atracción sexual.

–Háblame de Abbas.

–¿Por qué?

–¿Por qué no?

–¿Quieres hablar de Abbas ahora?

Karim no podía ver sus facciones en la oscuridad, pero su tono discordante sonaba defensivo.

–Tu primer matrimonio no es ningún secreto.

Por mucho que a él le doliese. Esa última noche, cuando quedaron en verse en el patio del palacio de Za'daq, Safiyah era suya. Aún no habían redactado el tradicional contrato de matrimonio, pero iban a casarse.

Pero no fue Safiyah quien apareció en el patio, sino su hermano, Ashraf, para darle la noticia de que, según las pruebas, él era el hijo ilegítimo del jeque. Tan sorprendente revelación había hecho que se olvidase de todo, incluso de Safiyah.

Solo unas horas después recordó que tenían una cita. Safiyah debía de haber ido al patio y, al escuchar la conversación con su hermano, decidió casarse con Abbas.

–No hay mucho que contar –dijo ella con tono impaciente–. Abbas quería una alianza con el clan de mi familia. En realidad, le gustaba mi hermana, pero Rana estaba estudiando en la capital y luego se puso enferma, así que…

–¿Así que aprovechaste la oportunidad para casarte con un rey?

Safiyah se dio la vuelta para mirarlo a los ojos.

–Tu padre no era el único que estaba enfermo. El mío tenía una enfermedad terminal. Aunque no me lo contó, sabía que se moriría en unos meses. Era un hombre anticuado en muchos sentidos, desesperado por dejarnos «asentadas» antes de morir. Cuando Rana cayó enferma… puso todas sus esperanzas en mí. Quería casarme bien, no solo por mí, sino para que pudiese cuidar de Rana cuando él se muriese.

Karim pensó en la mujer a la que había conocido durante la boda. Si había estado enferma, no se notaba.

–Entonces, ¿fue idea de tu padre?

Al descubrir que él no era hijo legítimo del jeque, su padre la había empujado hacia Abbas. Pero si Safiyah lo hubiese amado no se habría metido en la cama de otro hombre y que lo hubiera hecho seguía doliéndole en el alma.

–Mi padre lo sugirió, sí. Abbas estaba dispuesto a casarse conmigo y yo… acepté ese matrimonio.

Algo en su tono lo intrigaba, pero al menos admitía que había sido su propia decisión.

Sabía que era hora de olvidar todo eso y, sin embargo…

–¿Fue un matrimonio feliz?

¿Un matrimonio feliz? Safiyah estuvo a punto de soltar una carcajada. Se había visto forzada a casarse. En teoría, podría haber dicho que no, pero con su padre muriéndose y su hermana enferma, la oferta de Abbas había sido un *fait accompli*. Karim le había dado la espalda, la salud de su padre empeoraba por días y tenía que cuidar de una hermana con una grave depresión. Agradecida cuando Abbas consiguió ingresar a Rana en la mejor clínica, una para la que había lista de espera, Safiyah no tenía razones para rechazarlo.

–Fue un buen matrimonio –dijo por fin.

En realidad, se había conformado. Su relación con Abbas era distante, salvo cuando quería sexo o la necesitaba como acompañante para algún acto oficial. Pero había ayudado a su hermana y, a su manera, era amable con su hijo. No la había amado, pero ella no había esperado amor.

–¿Un buen matrimonio, pero no un matrimonio feliz? –insistió Karim.

Safiyah apretó los labios. No quería enfrentarse con la autopsia de su primer matrimonio. Había sobrevivido y eso era lo único que importaba. Hablar sobre los detalles solo reforzaría el hecho de que, a pesar de la satisfacción sexual de esa noche, se había entregado a otro matrimonio sin amor.

¿Podía pasar por eso otra vez? Especialmente cuando sería cien veces peor porque, en el fondo de su corazón, esperaba una señal de que a Karim le importaba. Aun sabiendo que era imposible.

–Ya está bien, Karim. Yo no te pregunto por tu pasado, no quiero saber todos tus secretos.

Notó que se ponía tan tenso como si lo hubiera golpeado. ¿Porque tenía secretos escondidos?

–Tendrás que perdonar mi curiosidad –dijo él entonces, aunque su tono no era de disculpa–. Pensé que sería útil saber algo más de ti, ya que vamos a pasar juntos el resto de nuestras vidas.

No parecía demasiado emocionado por ello. De hecho, lo decía como si fuera una sentencia. El amante apasionado había desaparecido y Safiyah maldijo la ternura que se había enredado en su tonto corazón, haciendo que empezase a creer en los milagros.

El tono de Karim le recordaba por qué se habían casado. Pragmatismo, no amor. Y, de repente, la idea de vivir con él durante años fingiendo que no le importaba era insoportable.

–No te preocupes por eso –murmuró, conteniendo un sollozo–. Para que este matrimonio funcione no hace falta que nos conozcamos. De hecho, sería mejor si fuéramos como dos amables extraños –Safiyah se dio la vuelta, cubriéndose con la sábana–. Quiero dormir un rato. Me duele la cabeza.

Capítulo 10

«AMABLES extraños».

Karim hizo una mueca. La idea le parecía absurda, aunque eso era precisamente lo que eran. Incluso durante su supuesta luna de miel.

Mascullando una palabrota, se levantó del sillón y se alejó del escritorio, furioso por el desasosiego que sentía cada vez que intentaba romper la reserva de Safiyah. O cuando intentaba entender por qué hacerlo era tan importante para él.

Trabajaba durante todo el día, intentando controlar la multitud de asuntos que requerían su atención, pero desayunaba cada mañana con Tarek y Safiyah y cenaban juntos como una familia. Estaba decidido a tener una buena relación con su hijo adoptivo. Su único ejemplo masculino no sería un hombre que odiaba pasar tiempo con él.

Por suerte, el niño lo había aceptado sin reservas. De hecho, lo perseguía a todas horas, como fascinado por él. ¿O sencillamente hambriento de atención masculina?

Abbas parecía haber sido un hombre con poco tiempo para su mujer y su hijo. Un hombre ocupado exclusivamente en gobernar Assara o tal vez un hombre demasiado egocéntrico como para preocuparse de nadie más.

Esa posibilidad lo indignó. Debido a su infancia, le

exasperaba que la gente no apreciase el valor de una familia y estaba decidido a que la suya funcionase.

Sin embargo, entre Safiyah y él había un abismo. Era como conversar con un embajador extranjero en un banquete oficial, con superficial amabilidad, pero sin que ninguno de los dos bajase la guardia.

Nunca había conocido a una mujer a quien le gustase menos hablar de sí misma. Cada vez que presionaba, ella cambiaba de tema. Sin embargo, era una fuente de conocimiento sobre la política de Assara. Sus inteligentes observaciones sobre ciertos individuos y juegos de poder eran muy informativas y útiles para un hombre encargado de gobernar un país.

Solo bajaba la guardia en la cama. O en la ducha o en la piscina. Entonces era una sirena que lo volvía loco con sus gemidos y, cada vez más, con sus propias demandas.

A veces sentía como si de verdad estuviese conectado con la mujer que había detrás de la máscara. A veces, en sus aterciopelados ojos castaños, le parecía ver a la mujer que una vez había creído que era. Pero después del sexo ella levantaba de nuevo las barreras, dejándolo fuera.

Él nunca había necesitado a nadie desde que su madre lo abandonó, dejándolo a merced de un tirano. Se había hecho autosuficiente en todos los sentidos, de modo que no era por él por lo que quería romper las barreras entre los dos, sino para tener una relación de verdad, para criar a Tarek y a los hijos que pudiesen tener.

Se le aceleró el pulso al pensar en tener hijos con Safiyah. A pesar de la inmensa cantidad de trabajo que tenía, había estado pensando en ella durante toda la mañana. La brisa del mar que entraba por la ventana del estudio le recordaba la carrera por la playa, la fiebre de deseo que había sentido mientras la abrazaba.

Karim cerró los ojos, sintiendo un escalofrío. Deseo y pesar. Porque después de esa increíble intimidad, ella había sugerido fríamente que se portasen como «amables extraños».

Era lo que se había imaginado cuando le pidió que se casase con él. Mantener las distancias, utilizarla para asegurar su puesto en el trono y para su placer personal. Quería tener a su merced a la mujer que lo había desdeñado.

Pero desde el principio había querido más.

Se había equivocado al pedirle detalles sobre su matrimonio con Abbas esa noche, cuando los dos estaban agotados después de un maratón sexual, pero necesitaba mantener el control de unas circunstancias que, de repente, le parecían más complejas de lo que había anticipado.

Dada la atracción que había entre ellos, había esperado un sexo satisfactorio, pero no había anticipado sentir tanto. Era como si los años se hubieran esfumado y siguiera creyendo que Safiyah era la mujer para él. Como si su felicidad fuese lo más importante.

Karim miró el brillante cielo azul desde el otro lado de la ventana. Era su última tarde en el palacio de verano y sus planes para aquel día lo ayudarían a romper las defensas de Safiyah.

–¿Una merienda?

–Eso es –respondió Karim, enarcando las cejas en un gesto travieso que le pareció tremendamente sexy.

Era asombroso que un gesto tan insignificante la afectase tanto. Por la mañana, durante el desayuno, se había emocionado al verlo sonreír y por la noche Karim la había acariciado con la boca y las manos hasta que le suplicó que la hiciese suya. Le había parecido ver algo extraño en su expresión. Algo a lo que no podía poner nombre... y no quería hacerlo porque era absurdo imaginarse tiernas emociones que, en realidad, no existían.

Era una esposa de conveniencia, nada más.

–Sí, una merienda. Ya está todo arreglado.

Se imaginaba que serían atendidos por criados, como era la costumbre. Safiyah no disfrutaba de esas formalidades, pero así evitaría estar a solas con Karim. Y quería evitarlo porque cada día era más difícil no dejarse seducir por su encanto.

–Seguro que a Tarek le gustará.

–Estaba encantado cuando se lo dije –asintió él–. Ah, aquí está.

Tarek corría hacia ellos, pero no con su habitual pantalón corto y camiseta, sino con pantalón y botas de montar.

–¡Mamá, mamá, tenemos una sorpresa para ti!

Cuando el niño se detuvo al lado de Karim y tomó su mano, Safiyah sintió una punzada en el pecho. ¿Podía sentir celos del afecto que existía entre los dos? Eso sería patético. Se alegraba de que Tarek y Karim se llevasen bien. Su hijo parecía más alegre desde que lo conoció, más relajado sin la represiva influencia de Abbas.

–¿Una sorpresa? Qué bien.

Su hijo asintió solemnemente.

–Pero tienes que ponerte botas. Por si te pisan los caballos.

–¿Caballos?

Eso explicaba la sonrisa de su hijo. Así que iban a

merendar en los establos, pensó, divertida. A Tarek le fascinaban los caballos y había prometido enseñarle a montar.

—Eso suena divertido. Vuelvo enseguida.

Cuando volvió, después de ponerse las botas, encontró a Tarek montado sobre un poni casi tan ancho como alto y sonriendo de oreja a oreja.

—¡Sorpresa! –gritó el niño, saltando en la silla.

Karim, que sujetaba las bridas del animal, lo agarró por la cintura.

—Cuidado, Tarek. Te he dicho que no debes moverte para no asustar a Amin.

Safiyah no podía dejar de sonreír. Su hijo parecía tan entusiasmado… De verdad estaba saliendo de ese cascarón de reserva que tanto le había preocupado. Pero, al mismo tiempo, tenía la sensación de estar siendo excluida. Ella quería enseñar a montar a su hijo, pero no podía ser tan egoísta como para enfadarse porque Karim se hubiese adelantado. Todo aquello era un cambio positivo porque Abbas nunca había tenido tiempo para el niño y jamás lo había animado a hacer algo que no fuese aprender lecciones de etiqueta.

—¿Sabes montar? ¿Karim te ha enseñado?

Tal vez eso explicaba que Tarek, por fin, quisiera dormir la siesta cuando antes era una lucha meterlo en la cama. ¿Se habrían visto en secreto en los establos?

—No, bueno, cepillo a Amin y le doy comida. Y he aprendido a sentarme en la silla, pero a montar todavía no… –dijo el niño.

—Hemos pensado que tú querrías enseñarle –intervino Karim–. Al fin y al cabo, tú eres la experta amazona de la familia. Le he dicho a Tarek que solías competir.

Era absurdo que esas palabras la afectasen tanto,

pero Safiyah se las bebía como agua en el desierto. ¿Porque hacía mucho tiempo que nadie le decía nada bonito? ¿O tal vez porque era algo en lo que una vez había destacado?

Era tan agradable que su hijo la mirase con un brillo de admiración en los ojos. Y su marido…

Safiyah apartó la mirada. Karim estaba haciendo lo que había prometido hacer: crear un lazo con Tarek para dar la imagen de una familia unida. Era un hombre pragmático, sencillamente. Sería absurdo ver algo más en sus actos, de modo que se concentró en el niño.

—Estás muy erguido en la silla, lo haces muy bien. ¿Dispuesto a aprender a montar?

—¿Puedo, mamá? ¿De verdad? —el niño empezó a dar saltos en la silla, pero paró casi inmediatamente, inclinándose para acariciar la cabeza del animal—. Perdona, Amin. No quería asustarte.

El poni movió las orejas al oír su nombre y Safiyah esbozó una sonrisa.

—Has encontrado un poni muy tranquilo, Karim. Espero que sepa caminar.

Él le pasó las riendas.

—Hora de descubrirlo.

Amin resultó ser un poni ideal para un novato, plácido y contento de dar vueltas por el patio mientras Tarek aprendía lo más básico.

—Así que es a esto a los que os habéis dedicado —dijo Safiyah cuando se detuvieron frente a Karim—. Habéis guardado bien el secreto.

Él se encogió de hombros.

—Amin estaba al fondo de los establos, lejos de los demás caballos para que no lo vieras, pero solo lleva aquí unos días. No creo que Tarek hubiese podido guardar el secreto mucho más tiempo.

–Yo quería contártelo, mamá, pero también quería darte una sorpresa.

–Le dije que si quería un poni tendría que aprender a cuidar de él –le explicó Karim.

–Me parece muy bien –dijo Safiyah–. Has aprendido mucho, hijo. Estoy orgullosa de ti.

–¿Podemos irnos ahora, mamá?

–¿Ir dónde?

–A merendar.

Karim entró en el establo y salió un segundo después tirando del bocado de su yegua.

–¿Vamos a caballo?

–Tú irás a caballo, yo llevaré las riendas del poni.

¿Karim iría andando mientras Tarek y ella iban a caballo? No se podía imaginar a muchos hombres haciendo eso, especialmente a Abbas, aunque hubiese sabido montar. Normalmente, las mujeres y los niños iban detrás mientras el hombre tenía precedencia.

Fueron a la playa, con Karim sujetando las riendas del poni y Tarek intentando contener su emoción para no caerse de la silla de montar. Y allí, sobre la arena, había una tienda con el suelo cubierto de alfombras y almohadones y una mesa llena de bandejas con apetitosos platos. Pero no había ningún criado.

Aparte del piafar de los caballos y el susurro de las olas, todo estaba en silencio. Estaban solos.

Safiyah se puso colorada al recordar esa mañana, cuando Karim la convenció con sus caricias para que se quedasen un rato más en la cama.

Era muy difícil proteger su corazón mientras compartía el lecho con su marido. Aquel no era como su matrimonio con Abbas. Entonces no tenía dificultad para distanciarse emocionalmente, pero con Karim…

–¿Qué estás pensando?

Su voz ronca, viril, nunca dejaba de afectarla, provocándole escalofríos que era incapaz de contener.

–Yo… –empezó a decir, mirando los juguetes que había en una esquina de la tienda.

Safiyah tragó saliva, emocionada. Aquello no era lo que haría un hombre pragmático, sino un hombre a quien su hijo le importaba de verdad.

–¿Safiyah? –murmuró él, mirándola con gesto preocupado–. ¿Qué ocurre?

Ella sacudió la cabeza, tragándose la temeraria declaración que estaba a punto de escapar de sus labios. No debía creer que aquello era real. Una vez había anhelado su amor, lo había deseado con todo su corazón. Y, desgraciadamente, ni siquiera las duras lecciones de los últimos años habían desterrado ese anhelo.

–¡Mamá, tengo hambre! –gritó Tarek, entrando en la tienda a la carrera.

–No pasa nada. Parece que has pensado en todo. Gracias, de verdad –dijo Safiyah por fin, esbozando una sonrisa–. Espera, Tarek. Tienes que lavarte las manos.

De nuevo, Karim sintió que había perdido una oportunidad. Cuando aquello parecía a punto de ser algo más que un matrimonio de conveniencia, de repente la posibilidad se esfumaba en un segundo.

¿Era una debilidad querer más? Si Safiyah y él confiaban el uno en el otro, esa relación apuntalaría su nuevo papel como jeque de Assara.

¿O su deseo tenía otra explicación?

Su experiencia personal lo hacía comprensivo con la situación de Tarek. Él no había recibido cariño de su padre y estaba decidido a que el niño creciese rodeado de afecto.

Karim hizo una mueca de disgusto. Su padre. Ni siquiera sabía quién era. Su madre había muerto cuando él era pequeño y su amante nunca había intentado ponerse en contacto con él.

Tal vez era eso. Aparte de Ashraf, Karim estaba solo en el mundo. Tal vez su determinación de formar una familia no era solo por Tarek, sino por él mismo.

No, eso era absurdo. Él tenía un plan y estaba decidido a llevarlo a cabo, nada más. Sencillamente, estaba contento con los progresos que había hecho. Nada más que eso.

Sin embargo, unas horas después, había dejado de pensar en términos de planes y progresos. Relajado y ahíto, se encontró disfrutando de la charla de Tarek y de la compañía de Safiyah.

¿Cuándo fue la última vez que hizo algo tan sencillo como disfrutar de una merienda?

La respuesta era fácil: nunca.

Su infancia había sido una larga lista de responsabilidades. No había habido siestas ni meriendas y desde que se fue de Za'daq se había concentrado en sus inversiones para llenar el enorme vacío que había dejado en su vida renunciar a los deberes y responsabilidades de la corona.

Unos minutos después salieron de la tienda con una cometa y Tarek gritó, emocionado, mientras la veía volar por el cielo.

—¡Mira, Karim! ¡Mira, mamá, está volando!

—Estoy mirando, cariño. Es maravilloso.

—Tú también puedes, mamá.

—No sé si sabré hacerlo.

Karim se colocó tras ella, envolviendo su cintura con los brazos y respirando el aroma de su pelo.

—Solo tienes que sujetar la cuerda. No la sueltes.

Safiyah intentó hacerlo, lanzando una exclamación de sorpresa y alegría cuando el viento empujó la cometa.

—Cuidado. No dejes que baje demasiado —le advirtió él.

Tuvieron que hacer algunas maniobras complicadas, pero pronto la tuvieron controlada.

—Nunca había hecho esto. No sabía que fuese tan emocionante.

Safiyah le sonrió por encima del hombro y fue como si la luz del sol desterrase las sombras de la noche.

—Yo tampoco. Los dos somos novatos.

—¿Tú tampoco habías volado nunca una cometa? —preguntó ella, sorprendida—. Pensé que lo habrías hecho de niño.

Él negó con la cabeza. Estaba a punto de contarle que de niño no había tenido tiempo para jugar cuando alguien apareció en el claro. Su secretario, con gesto serio.

—Majestad, Señora.

El hombre inclinó la cabeza y Karim vio que parecía estar conteniendo el aliento. Debía de ser algo muy serio para que los hubiese interrumpido.

—¿Qué ocurre?

—¿Podemos hablar en privado, Majestad?

—Puede hablar delante de la jequesa.

Aquello era algo más que un problema de agenda. El hombre parecía agitado y Karim se preparó para un disgusto. Que no fuese Ashraf, que no fuese su hermano…

—Muy bien, Majestad. Han publicado un artículo sobre su… pasado. Dicen que su padre no era…

El hombre no parecía capaz de terminar la frase.

—¿Que no era mi verdadero padre? —dijo Karim. Al

parecer, las circunstancias de su nacimiento ya no eran un secreto.

–Sí, Majestad –respondió el hombre, ofreciéndole una tablet.

Karim leyó el artículo rápidamente. Era lo que esperaba, la noticia de que el jeque de Za'daq no había sido su padre y, por lo tanto, Karim no tenía derechos como príncipe. El autor daba a entender que, de haberlo sabido, el Consejo Real de Assara no le habría pedido que ocupase el trono.

Era muy triste que aquel día tan agradable fuese arruinado por un viejo escándalo que él había creído enterrado, pero Karim irguió los hombros y se concentró en lo que tenía que hacer.

Safiyah había leído el titular del artículo y su corazón había dejado de latir durante una décima de segundo.

–¡Mamá, cuidado!

Ella levantó la cabeza. Había estado a punto de soltar la cometa sin darse cuenta, pero intentó sujetarla.

No podía ser cierto. La idea era absurda.

–Toma –le dijo, pasándole la cuerda a su hijo–. Pero no te muevas. Quédate donde yo pueda verte.

Karim seguía hablando con su secretario y no mostraba indignación o enfado. Al contrario, su marido parecía calmado.

«Su marido».

Pero ¿quién era Karim si no era el hijo del jeque de Za'daq?

Safiyah sentía como si el suelo se hubiera abierto bajo sus pies.

Colocándose a la sombra de los árboles que bordeaban el claro, volvió a leer el artículo y se quedó

atónita. Era una insinuación terrible y no había verifi-
cación definitiva, aunque mencionaban al técnico del
hospital que había hecho las pruebas. Según el artículo, la esposa del jeque había sido infiel a su marido
y Karim era hijo ilegítimo. Hasta insinuaban que había sido desterrado por su hermano menor, Ashraf,
que había amenazado con contar la verdad si no re-
nunciaba al trono. Sin embargo, ella había visto a
Ashraf y Karim durante la coronación y parecían llevarse muy bien.

–¿Lo has leído?

Karim estaba a su lado, con los puños apretados en
actitud retadora. Por el rabillo del ojo vio a Tarek corriendo con la cometa y al secretario volviendo al
palacio.

–¿Es cierto? –le preguntó.

–No juegues conmigo, Safiyah. Tú sabes que es
cierto.

–¿Cómo iba a saberlo? –exclamó ella–. ¿Estás diciendo que esto es verdad?

Karim miró a su mujer, con su enfado convirtiéndose en incredulidad. Safiyah estaba pálida como si
acabase de llevarse una fuerte impresión. Eso era algo
que no se podía fingir.

–Karim, ¿qué está pasando? ¿Por qué publicarían
algo así?

Una consumada actriz podría fingir estar tan sorprendida, pero Safiyah no era una actriz.

–Tú sabes que es la verdad. Lo sabes desde hace
cinco años.

–¿Qué?

–Cuando fuiste al patio del palacio esa noche…

Safiyah parpadeó.

–Yo no fui al patio, Karim. Esa fue la noche que

Rana se puso enferma. Mi padre y yo volvimos a Assara inmediatamente, por eso no pude acudir a la cita. Mi padre dejó una nota de disculpa explicando la situación.

Karim hizo una mueca.

–Una nota en la que decía que lamentaba tener que marcharse porque había ocurrido algo importante.

–Pensé que tendría la oportunidad de contarte los detalles en persona –dijo ella–. ¿Estás diciendo que el jeque de Za'daq no era tu padre? ¿Esto es verdad?

Karim miró los aterciopelados ojos castaños que conocía tan bien y sintió que el mundo dejaba de girar.

No lo sabía. De verdad no lo sabía.

Durante todos esos años había creído que Safiyah lo había dejado al descubrir la verdad sobre su nacimiento, pero no era así. No lo había rechazado, después de todo.

Pero lo haría ahora, horrorizada por el escándalo.

Karim pensó en cómo la había tratado durante todo ese tiempo. Creyendo que lo había dejado, se había negado a aceptar sus llamadas, había borrado todos sus mensajes. Y, más recientemente, la había forzado a aquel matrimonio. Esa era la amarga verdad.

Había pensado que sabía con quién se había casado, pero estaba completamente equivocado.

Aquella noticia amenazaba el trono y su relación con Safiyah. Aquella noticia podría quitarle la corona y a su mujer.

Karim la miró, experimentando una oleada de pesar. Y supo por primera vez en su vida lo que era el miedo. El miedo de verdad.

Capítulo 11

ENTONCES, ¿quién era tu padre? –le preguntó Safiyah.

Karim se encogió de hombros.

–No lo sé.

–¿No lo sabes?

–Seguramente, el hombre con el que mi madre se marchó de Za'daq –respondió él por fin, con tono amargo–. Aunque no puedo estar seguro. Tal vez tenía más de un amante.

–¿No se lo preguntaste?

–Mi madre murió de neumonía cuando yo era un niño. No había nadie a quien preguntar.

Salvo su amante, el hombre que podría ser su padre.

Safiyah frunció el ceño. Su infancia debía de haber sido terrible. Su madre se había ido de Za'daq y el padre al que había conocido era un jeque irascible, un hombre que a ella le había parecido aterrador y al que su padre había descrito como arrogante y cruel.

–Lo siento mucho, Karim.

De nuevo, él se encogió de hombros.

–La vida es así.

–Pero el resto del artículo no puede ser verdad. Tu hermano y tú os lleváis bien, ¿no? No te expulsó de Za'daq.

–No, al contrario. Tuve que convencerlo para que ocupase el trono porque él no quería.

–Entonces, fue decisión tuya irte de Za'daq.

–Así es. Lo último que mi hermano necesitaba era que me quedase por allí. Ashraf es un buen hombre y un buen líder, pero había elementos muy conservadores en la corte que preferían verme a mí en el trono –Karim esbozó una amarga sonrisa–. Aunque no pensarán lo mismo después de leer este artículo.

Safiyah no estaba de acuerdo. Por lo que ella sabía, Karim tenía el apoyo de todos porque había demostrado ser un hombre justo y honesto. Había trabajado mucho y se había ganado el respeto de sus conciudadanos. La verdad sobre su nacimiento sería una sorpresa, pero no cambiaría quién era o lo que había hecho por Za'daq.

Safiyah se abrazó a sí misma, debatiéndose entre la compasión que sentía por Karim y el dolor de que no hubiese confiado en ella. Pero ¿por qué iba a hacerlo? En realidad, solo tenían una relación íntima en la cama.

La miraba con tal intensidad que casi era como si estuviese tocándola. Aunque eso era una tontería, un producto de la intimidad sexual. Sin embargo, intuía que la relación estaba empezando a cambiar. Como si todos los sueños románticos que había tenido una vez pudieran hacerse realidad.

–¿Y pensabas que yo sabía todo eso?

Él tragó saliva, incómodo.

–Esa noche, cuando deberíamos habernos visto en el patio del palacio…

Karim hizo una pausa y Safiyah recordó la emoción que había sentido al pensar que iban a verse a solas. Estaba tan enamorada, tan segura de su afecto, que se había atrevido a saltarse las reglas. Había pensado que esa noche harían el amor. En lugar de eso, sus sueños románticos se habían convertido en añicos.

—¿Sí?

—Yo estaba esperándote cuando apareció Ashraf. Tenía los resultados de la prueba que nos habíamos hecho. Estábamos buscando un donante de médula ósea para mi padre… —Karim hizo una mueca—. El viejo siempre había creído que Ashraf era su hijo ilegítimo, pero el resultado de la prueba fue que el bastardo era yo.

Safiyah se preguntó cómo podía haber sido tan ignorante de los problemas de la corte de Za'daq. Pero entonces estaba obsesionada por aquel romance, por su primer amor, su único amor.

—Sigo sin entender…

—Más tarde descubrí que tu padre y tú os habíais ido del palacio esa misma noche con la excusa de un problema familiar y pensé que habías escuchado la conversación con mi hermano —Karim levantó la barbilla, como retándola a negarlo.

Descubrir que no era el hijo del jeque, y que ya no podía heredar el trono después de haber sido educado para ello, debió de ser un golpe terrible para él. Safiyah tomó aire, imaginándose cómo sería que el mundo se pusiera patas arriba de repente…

Aunque no tenía que imaginarse mucho. Su propia vida se había puesto patas arriba no una vez, sino dos. Sus esperanzas y sus sueños habían sido destruidos cuando se vio obligada a casarse con Abbas.

—Entiendo —dijo por fin, cuando encontró la voz—. Pensabas que me había escondido entre las sombras, que había estado espiando la conversación y había convencido a mi padre para que nos fuésemos del palacio —añadió, sintiendo un peso en el pecho—. Como si mi padre no fuese un hombre que se enorgullecía de su honestidad.

Había odiado que su padre la empujase al matrimonio con Abbas, pero lo había hecho por lo que él creía buenas razones. Había sido un hombre decente, bondadoso.

Sentía que se ahogaba, pero hizo un esfuerzo para seguir, levantando la barbilla para mirarlo a los ojos.

–¿Pensaste que te había abandonado al descubrir que no eras hijo del jeque, que solo quería casarme con un rey? ¿Eso era lo que pensabas?

¿Cómo podía haber creído eso de ella? Karim no la conocía en absoluto. Había estado enamorada, dispuesta a arriesgarlo todo por estar a solas con él. Y él la creía una buscavidas.

Entre lágrimas, vio a Tarek corriendo en círculos, tirando de su preciosa cometa.

–Debes admitir que es lógico que lo pensara. Desapareciste esa misma noche –dijo Karim.

Una terrible coincidencia, una jugarreta del destino que le había robado la felicidad. Pero Karim no la amaba. Si la hubiese amado, al menos le habría preguntado, se habría puesto en contacto con ella para saber si sus sospechas eran ciertas.

Se dio la vuelta para mirarlo, pero ya no veía al hombre al que una vez había adorado, ni al amante apasionado que le había mostrado un mundo de placer. En lugar de eso veía a un hombre que había pensado lo peor de ella y de su familia. Un hombre que se había negado a concederle el beneficio de la duda, que la había tratado con total desdén.

Si pensaba tan mal de ella, era comprensible que no le hubiese devuelto las llamadas. La había apartado de su vida con despiadada crueldad.

Safiyah tuvo que hacer un esfuerzo para llevar oxígeno a sus pulmones. Había vivido durante mucho tiempo desconsolada por haber perdido a Karim. Lo había ocultado, había fingido que el dolor no estaba ahí mientras intentaba buscar algo de felicidad en su nueva vida. Pero ahora miró al hombre que había eclipsado sus emociones durante demasiado tiempo.

—Fue una simple coincidencia. Lo creas o no, el mundo no gira alrededor de la familia real de Za'daq.

—Safiyah, yo…

Ella levantó una mano y Karim guardó silencio al ver el brillo de profunda decepción de sus ojos.

—La noche que supiste que eras hijo ilegítimo, yo descubrí que mi hermana me necesitaba —le dijo con voz temblorosa—. Rana había intentado suicidarse.

—Lo siento, yo no tenía ni idea.

—No lo sabías porque no me diste la oportunidad de contártelo.

Él dio un paso atrás como si lo hubiera abofeteado, pero Safiyah no sintió satisfacción alguna.

—Lo siento, de verdad. ¿Qué pasó?

—Rana estaba estudiando para ser veterinaria, pero la vida en la universidad no le gustaba. Era muy difícil para ella después de haber crecido en el campo. Además, aunque entonces no lo sabíamos, estaba siendo acosada por un compañero y se sentía aislada, le daba miedo salir de la habitación. La ansiedad se convirtió en depresión, pero no nos contó nada. Yo sabía que algo iba mal, pero no sabía qué… —Safiyah tragó saliva—. Un día se tomó un frasco de pastillas.

—Qué terrible.

La expresión de Karim era apesadumbrada y no solo por la enfermedad de su hermana, sino por lo que había pensado de ella, pero era más fácil concentrarse en Rana. No quería hablar sobre sí misma.

–Creo que ese disgusto aceleró la muerte de mi padre. A partir de entonces no se recuperó.

Su enfermedad y su desesperación por ver al menos a una de sus hijas casada hizo que Safiyah se rindiese por fin.

–Abbas consiguió ingresar a mi hermana en una clínica… y ahora está muy bien. Trabaja con caballos y creo que piensa retomar sus estudios.

Karim estaba atónito. Tenía los pies firmemente plantados en el suelo, pero se sentía tan inestable como la cometa de Tarek. Durante todo ese tiempo…

Qué terrible debía de haber sido para Safiyah ver a su padre morir, preocupada por su hermana y enfrentándose a su rechazo.

Le había fallado cuando más lo necesitaba mientras Abbas había estado a su lado.

Su marido, Abbas. Karim había sentido celos de ese hombre, aunque se alegraba de que la naturaleza apasionada de Safiyah no hubiera despertado hasta que se casó con él. Pero ser un buen marido era algo más que darle orgasmos. Fueran cuales fueran sus defectos, Abbas había estado a su lado cuando lo necesitaba y Safiyah seguía pensando en él como su marido.

¿Cómo lo vería a él, como el hombre que la había dejado sin dar ninguna explicación? ¿El hombre que la había chantajeado para que se casase con él?

Podía decir que había intentado protegerlos a ella y a su hijo, pero ¿pedirle que le entregase su cuerpo y su vida?

Karim siempre se había considerado un hombre honorable, pero en ese momento se dio cuenta de que estaba muy lejos de ese ideal.

De repente, Safiyah le parecía tan pequeña… Su presencia, su vitalidad, hacía que pareciese más grande de lo que era, pero ahora veía su vulnerabilidad, su dolor. Quería protegerla, abrazarla y repetir sus disculpas hasta que lo perdonase, hasta que volviese a mirarlo con estrellas en los ojos.

Pero eso ya no podía ser.

La había traicionado y Safiyah lo odiaba. Él había crecido en un mundo en el que la desconfianza y las traiciones eran la norma, por eso había creído lo peor de ella.

Sin embargo, a pesar de sus errores, la idea de dejarla ir era insoportable.

—¿Qué vas a hacer ahora que han publicado la historia? —le preguntó ella.

Karim enarcó las cejas. ¿Pensaba que iba a acobardarse?

—Volver a la capital para consultar con el Consejo Real, enviar un informe de prensa y luego seguir con mi trabajo como gobernante de Assara.

Salvo que podría no ser su trabajo durante mucho más tiempo. Al saber que no era hijo legítimo del jeque de Za'daq, el Consejo Real de Assara podría deponerlo. Karim no deseaba gobernar un país que no lo quería y ofrecería su abdicación si era necesario.

Cuando le ofrecieron el trono le habían asegurado que era por su carácter y su experiencia como estadista, no por su linaje. Pero ¿y si no era cierto? ¿Y si la mancha de su nacimiento era insoportable para los ciudadanos de Assara?

Karim tomó aire. Había sufrido una vez las repercusiones de su ilegitimidad con devastadores efectos. Si ocurría de nuevo, tenía una vida interesante a la que volver.

Pero eso era mentira. Él sabía que aquella era la

vida que anhelaba, allí, en Assara. Le gustaban los retos y las recompensas de su puesto. Y le gustaba su nueva familia. ¿Safiyah se quedaría a su lado si se iba de Assara? ¿Podría pedirle que lo siguiera?

–¿No te preocupa que el Consejo te retire su apoyo?

–¿Y que se lo den a Hassan Shakroun?

Karim se imaginaba que Shakroun estaba detrás de ese artículo. Su rival no tenía apoyos para cuestionar la legalidad de su coronación, pero intentar ensuciar su reputación parecía el estilo de aquel canalla.

–Eso sería horrible.

–No te preocupes, pase lo que pase, os protegeré a Tarek y a ti.

Hassan Shakroun tendría que pasar por encima de su cadáver para acercarse a ellos.

Safiyah lo miró con un mundo de tristeza en los ojos y Karim sintió que se ahogaba.

–¿Qué piensas?

–Creo que tienes que hablar con el Consejo Real lo antes posible.

–No, quiero decir qué piensas tú de todo esto. Sobre el hecho de que no soy un príncipe de Za'daq.

Lo había creído un aristócrata, el hijo de un rey, pero no lo era. Karim tragó saliva. Aquella situación afectaría también a su mujer. Era una pena que no lo hubiera pensado antes.

Ella dejó escapar un suspiro.

–No sé si es un talento natural o si has tenido que ensayarlo –le dijo.

–¿A qué te refieres?

–A tu forma de insultarme. No tenías buena opinión de mí hace cinco años y parece que eso no ha cambiado.

Safiyah levantó la barbilla y, de repente, pareció crecer en estatura. Ya no era la desilusionada amante, sino la altiva reina. Y, a pesar del fuego que había en su mirada, Karim sintió alivio. La prefería fiera antes que derrumbada y dolida.

—Era una simple pregunta. Tengo derecho a saber lo que piensas.

—¿Ah, sí? ¿Aunque solo sé la verdad porque alguien la ha publicado en un periódico?

—Te pido disculpas. Pensé que ya lo sabías.

Ella suspiró de nuevo.

—Lo que yo piense no importa. Estamos casados pase lo que pase.

—Safiyah... —Karim dio un paso adelante. Tenía que saberlo.

No le importaba lo que otros pensaran de él, pero le importaba lo que pensase Safiyah. Más de lo que hubiera creído posible.

—Ha sido una sorpresa, pero me da igual quién fuera tu padre. Lo que me importa es si puedo confiar en el hombre con el que me he casado porque ahora mismo tengo dudas.

Después de decir eso, se dio la vuelta para llamar a Tarek, y Karim se sintió como se había sentido cuando era un niño, intentando complacer al jeque, que no esperaba nada menos que la perfección.

Enfadado, apretó los dientes. Él podía no ser perfecto, podía tener tantos defectos como cualquier hombre, pero no iba a permitir que nadie le quitase lo que era suyo.

Y eso incluía a su mujer y su hijo.

Capítulo 12

ES CASI la hora, Majestad. Solo faltan unos minutos –le dijo el técnico de sonido.

Ignorando las protestas de uno de sus secretarios, Karim apartó las notas que tenía sobre el escritorio. Prefería hablar directamente a la cámara, dirigiéndose en directo a la gente de Assara. No necesitaba notas.

Lo que necesitaba, y lo que quería, era saber dónde estaba Safiyah. Desde que volvieron a la capital apenas la había visto.

¿Porque no podía soportar estar con él? Esa posibilidad le encogía el corazón. Su mujer no quería ni verlo, pero no porque fuese hijo ilegítimo, sino por cómo la había tratado.

Para un hombre que se enorgullecía de hacer las cosas bien, eso era insoportable.

La puerta del estudio se abrió entonces y oyó un susurro de voces. Karim vio algo de color rojo y se levantó del sillón. Era Safiyah, con Tarek.

–Déjalos pasar.

A Karim se le aceleró el corazón cuando Safiyah se dirigió hacia él, ignorando a los secretarios que intentaban dejarla fuera. Estaba preciosa con un vestido rojo, el pelo recogido en un moño y el anillo de pedida de rubíes y diamantes con pendientes a juego.

Sus miradas se encontraron. Estaba allí por él, para

ofrecerle su apoyo a pesar del abismo que había entre ellos y se le hizo un nudo en la garganta.

Su mujer. Su reina.

Era asombrosa, la única mujer que tendría poder sobre él.

Verla lo abrumaba con una mezcla de emociones: deseo, orgullo y miedo de haber destruido cualquier posibilidad de que entre ellos hubiese una auténtica relación.

Había dejado de fingir que no le importaba. Saber que había estado equivocado sobre ella durante todos esos años había hecho que dejase a un lado las pretensiones. Quería a su esposa en todos los sentidos. No solo su cuerpo, sino su admiración, su bondad y su sentido del humor.

A su lado iba Tarek, muy serio, como si estuviera concentrándose. Karim se emocionó al verlo, recordando lo que había sentido de niño, cuando intentaba ser el perfecto príncipe que todo el mundo esperaba que fuese.

–Safiyah.

En lugar de tomar su mano, ella hizo una formal reverencia. A su lado, Tarek hizo lo propio.

Karim notó los gestos de respeto de los ministros y los miembros del Consejo Real, como aprobando aquella confirmación de lealtad de la jequesa y el heredero.

–¿Dónde has estado? –le preguntó en voz baja.

–En la ciudad –respondió ella, como si eso lo explicase todo–. He pensado que podría ayudar que Tarek y yo estuviésemos a tu lado cuando hagas el anuncio.

–¿Como muestra de solidaridad? –le preguntó él–. Agradezco tu apoyo, Safiyah. Y el tuyo, Tarek –Karim sonrió al niño mientras le revolvía el pelo–. Pero esto es algo que debo hacer solo. No quiero que nadie me acuse de esconderme tras las faldas de mi mujer, por preciosa que sea.

Safiyah miró esos asombrosos ojos verdes y sintió una oleada de emoción al ver en ellos orgullo y determinación. Y cuando tomó su mano para besarla se le doblaron las rodillas.

Aquel era el hombre del que se había enamorado cinco años antes. El hombre al que le había entregado su corazón y al que aún le pertenecía, aunque él no lo supiera.

Pero, aunque sonreía, no había ternura en su expresión. Karim estaba concentrado en el reto que lo esperaba, mantener el trono.

Eso era lo más importante para él.

Ella, como esposa de conveniencia, era secundaria. Nada había cambiado.

Salvo que había descubierto que nunca había dejado de importarle y esa era una carga que debía llevar. Un secreto con el que tendría que vivir.

—No has cambiado de opinión, ¿verdad? ¿No vas a abdicar?

—No, esto es demasiado importante para mí como para tirar la toalla —respondió él—. Pero pase lo que pase, quiero que sepas que Tarek y tú estaréis a salvo.

Safiyah lo creía, sabía que cumpliría su palabra.

—Muy bien.

—Podéis sentaros allí —dijo Karim, señalando unas sillas situadas al fondo del estudio.

Safiyah estaba allí para darle su apoyo durante aquel importante mensaje televisado. Ignorando las miradas de los miembros del gabinete, poco acostumbrados a ver mujeres allí, escuchó con atención y su respeto por Karim aumentó.

Aún le dolía que la hubiese juzgado mal en el pasado, pero fue un momento muy difícil para él. Saber que no era quien siempre había creído que era, que no tenía derecho al trono para el que había sido formado durante años...

Ahora, oyéndole hablar con sinceridad sobre las circunstancias de su nacimiento, Safiyah se sentía orgullosa.

Karim reconoció que el artículo decía la verdad y que, por lo tanto, había informado al Consejo Real de Assara de que abdicaría si las circunstancias de su nacimiento eran un problema irresoluble. Después de eso, habló de sus planes de modernización para el país si seguía siendo el jeque y terminó prometiendo un nuevo mensaje cuando el Consejo Real hubiera tomado una decisión.

Cuando la emisión terminó, los ministros lo miraban en silencio, con expresión solemne.

Era evidente que aún no habían tomado una decisión y pensar que Hassan Shakroun pudiese ocupar el trono hacía que Safiyah sintiera escalofríos. ¿Cómo iban a dejar que aquel hombre entrase en el palacio?

Tomando la mano de Tarek, se dirigió a la puerta, dejando a Karim con los miembros de su gabinete. Ella tenía otras prioridades. Las mujeres no tenían un papel oficial en la política de Assara, pero eso no significaba que no tuviesen ninguna influencia y ella había estado ocupada buscando apoyos para su marido.

Era el mejor hombre para gobernar el país. Además, era el hombre del que estaba enamorada y estaría a su lado pasase lo que pasase.

Después del discurso en directo, Karim siguió con su agenda de visitas regionales como si no hubiera un hacha sobre su cabeza si el Consejo decidía deponerlo. Otro hombre se habría aferrado al trono con uñas y dientes ya que, constitucionalmente, una vez coronado tenía poder casi absoluto. Pero Karim no era esa clase de hombre. Fuese por honestidad o tal vez excesivo orgullo, él necesitaba que su país lo quisiera en el trono.

Mientras tanto, tenía un trabajo que hacer. Escuchar a la gente, resolver problemas, planificar e implementar cambios y mejoras. Y a su lado, día y noche, estaba Safiyah.

Era una revelación. Que hubiera estado a su lado mientras daba el mensaje a la nación lo había llenado de orgullo y gratitud. Sin duda, su mujer era mucho más que un bello rostro.

Safiyah era increíblemente efectiva, capaz de hacer que la gente se relajase en su presencia y siempre interesada en los asuntos del país. No le había pasado desapercibido cómo se apartaba del séquito real para escuchar los problemas de la gente, en los que siempre se tomaba un interés personal. ¿Habría apoyado a Abbas del mismo modo?

No quería pensar en ello. Safiyah era suya ahora y no tenía intención de dejarla escapar.

Desde que volvieron al palacio dormía solo, en parte por las horas de trabajo, pero sobre todo por el dolor que había visto en sus ojos cuando descubrió que había desconfiado de ella. Y por su tono amargo cuando recomendó que mantuviesen las distancias.

Sin embargo, aquella noche podían dejar todo eso atrás. Karim sonrió mientras llamaba a la puerta de su dormitorio, nervioso como un adolescente.

–¡Karim! –exclamó ella.

En sus aterciopelados ojos castaños había un brillo

de sorpresa y él juró que esa noche rompería las barreras que los separaban.

—¿No vas a dejarme entrar?

Ella se cerró la bata de color azul pálido con una mano mientras abría la puerta con la otra. La bata era discreta, pero a ella le quedaba de maravilla y Karim devoró con la mirada sus abundantes curvas y la brillante melena oscura

Safiyah se volvió hacia él con gesto orgulloso. Podía ser suave y femenina, pero no era dócil y eso le gustaba.

—¿Has tenido noticias del Consejo Real?

—Ahora mismo. El voto ha sido unánime, quieren que me quede.

Safiyah cerró los ojos un momento, intentando contener la emoción. Porque no era solo el futuro de Karim lo que había pendido de un hilo, sino el suyo y el de Tarek.

—Me alegro mucho, de verdad.

Karim vio que tragaba saliva. Había ocultado bien sus miedos, pero evidentemente había estado preocupada.

—Todo ha terminado y mañana lo anunciaré oficialmente, pero tengo que darte las gracias, Safiyah. No todas las mujeres se habrían quedado a mi lado en esta situación, pero tú lo has hecho. Te agradezco mucho que me hayas ayudado, en público y por detrás.

Ella lo miró con gesto de sorpresa. ¿No sabía que su gabinete lo tenía informado de sus actividades? Esa era una de las razones por las que sabía que podía cerrar la brecha que había entre ellos.

—¿Qué otra cosa podía hacer? Eres mi marido, el destino de mi hijo depende de ti.

Karim había dado un paso adelante, pero se detuvo. Y no por sus palabras, sino por su tono amargo. Como si lamentase haberse casado con él. Como si no tuviera ningún interés en su propio destino.

Durante un segundo, y sin saber por qué, pensó en su madre. ¿También ella habría vivido amargada por un matrimonio de conveniencia? ¿Habría deseado desde el principio poder escapar de un matrimonio sin amor?

Pero Safiyah no era como su madre, que había huido del país, dejando atrás a sus hijos. Safiyah se había sacrificado por Tarek aceptando un matrimonio que no deseaba…

Pero su relación podía mejorar, él se aseguraría de que así fuera.

La vio abrazarse a sí misma con los labios apretados. Su cuerpo enviaba un claro mensaje de rechazo, pero Karim persistió.

—Sé que te hice daño y lo siento mucho. Pero también sé que no te has casado conmigo solo para salvar a tu hijo.

Tenía que ser así. Una vez le había importado y, además, había descubierto que no lo había traicionado.

Era extraño pensar lo vacío que era su mundo sin ella. Durante esos años en el exilio, se había dicho a sí mismo que era como un barco sin rumbo porque había dejado atrás la vida que conocía, pero ahora se daba cuenta de que era aquella mujer lo que había echado de menos. Safiyah era su ancla.

—He hecho lo que tenía que hacer —dijo ella entonces—. Era mi obligación.

Karim había pensado que todo sería muy sencillo. Se disculparía por haberle hecho daño y, tras saber la decisión del Consejo, podrían empezar de nuevo.

Pero Safiyah no parecía dispuesta a cambiar y algo se encogió en su pecho. No lo había perdonado. El cariño que sintió por él una vez había muerto. Solo lo había ayudado porque estaban casados, porque el destino de Tarek dependía de él.

Se sentía como un idiota. Se había imaginado que trabajaba sin descanso por él porque le importaba, porque le importaba su matrimonio, pero no era así.

El dolor se mezclaba con la ira y con una sensación de pérdida tan grande que amenazaba con tragárselo.

—Safiyah, no digas eso. Yo sé que quieres…

—Yo no quiero nada, Karim. Tu puesto en el trono está asegurado y Tarek está a salvo. Te lo agradezco, pero no hay nada más que decir —lo interrumpió ella—. Nos veremos por la mañana.

¡Como si fuera un criado al que podía despedir!

Karim apretó los dientes, furioso. Y, sin embargo, el cuerpo de Safiyah la traicionaba. Sus pezones se marcaban bajo la tela de la bata y el pulso latía sin control en su cuello.

Estaba intentando echarlo de la habitación, pero lo deseaba. A pesar de sí misma, lo deseaba.

Karim levantó una mano para acariciarle la mejilla con un dedo y ella cerró los ojos un momento, aunque luego apartó la cara, mirándolo con desagrado.

Pero le brillaban los ojos y se le habían dilatado las pupilas, una señal clara de deseo.

Una oleada de calor le golpeó el vientre. De calor y de triunfo. Safiyah no quería desearlo, pero al menos en eso eran iguales, atrapados en la misma telaraña de deseo.

—No mientas, esposa mía. Me deseas y yo estoy dispuesto a aceptar lo que me ofreces.

Aunque su alma anhelase algo más.

Inclinó la cabeza para buscar sus labios, pero no la besó. Esperó, dándole tiempo para apartarse si quería, pero no lo hizo.

Era suya, y él quería que fuera suya, al menos en la cama.

«Esposa mía», le había dicho, como si fuera una posesión, pensó Safiyah. Quería sexo, pero ella anhelaba mucho más.

Cuando le dio las gracias por su ayuda, algo dentro de ella se rebeló. No quería su gratitud, quería mucho más. Quería su amor, pero no podía decirle lo que sentía porque Karim ya tenía demasiado poder sobre la relación.

Sin embargo, cuando la besó no lo hizo de modo impaciente. Deslizó los labios por su garganta, por su mejilla, por sus párpados… y de repente le mordió el labio inferior y una ola de fuego la atravesó entera. Le temblaban las rodillas y tuvo que agarrarse a sus brazos para no perder el equilibrio.

Dejando escapar un gemido de aprobación, Karim la envolvió en sus brazos y, a pesar de sus intenciones, Safiyah se derritió.

Le daba rabia ser tan débil, pero el placer que Karim le ofrecía, aunque puramente físico, era algo que no podía rechazar. Sabía que aquella conexión era ilusoria, el producto de sus ilusiones, pero no era capaz de dar un paso atrás.

Él buscó sus labios, apretándola contra su torso y explorando su boca como si no pudiera cansarse. Y ella sentía lo mismo.

No parecía solo sexo. Era como todo lo que ella había soñado y, dejando escapar un suspiro, Safiyah se entregó a su marido.

Cuando la tomó en brazos, no protestó. Al contrario, se apoyó en su pecho y puso las manos sobre su corazón, que latía como una taladradora.

La dejó sobre la cama, sus ojos verdes brillaban como gemas del tesoro real. Sonriendo, Safiyah se arqueó para ayudarlo a quitarle la ropa.

Cuando se inclinó sobre ella, desnudo, orgulloso y viril, Safiyah cerró los ojos en lugar de buscar ternura en su mirada. En esos momentos, podía creer que sus caricias eran un gesto de amor.

Y, cuando por fin Karim se hundió en ella, jadeando, Safiyah se negó a pensar en nada, se negó a anhelar nada. Disfrutó del placer que le daba y se dijo a sí misma que era suficiente.

Tenía que serlo porque eso era todo lo que su marido podía darle.

Capítulo 13

SAFIYAH se asomó a la ventana, esperando que el aire fresco de la mañana disipase su ansiedad. Se recordó a sí misma cuánto tenía que agradecer. Tarek estaba a salvo y, después de dos meses viviendo con Karim, parecía más feliz que nunca. El niño nervioso, acostumbrado a las bruscas órdenes de Abbas, estaba empezando a relajarse gracias al afecto de su padre adoptivo. Rana estaba a punto de retomar sus estudios y Hassan Shakroun, el hombre al que tanto temía, estaba a la espera de juicio por secuestro, soborno y conspiración para cometer un asesinato.

Safiyah sintió un escalofrío. De verdad había sido una suerte que Karim aceptase hacerse cargo del trono.

Y sin embargo…

Con el corazón en la garganta, miró la prueba de embarazo que había dejado sobre la encimera del baño. No quería ver el resultado.

Las posibilidades de que estuviese embarazada eran pocas. O eso quería creer. Había empezado a tomar la píldora en cuanto se dio cuenta de que su matrimonio no iba a ser sobre el papel, pero desde entonces no había tenido un periodo normal. Había pensado que era el estrés lo que había alterado su ciclo… hasta el día anterior, cuando se cruzó de brazos y notó que sus pechos parecían hinchados.

Mordiéndose los labios, se armó de valor y miró el resultado.

«Embarazada».

Estaba esperando un hijo de Karim.

Tuvo que agarrarse a la encimera para no perder el equilibrio. ¿Por qué le sorprendía tanto? ¿No había sabido en su corazón que estaba embarazada?

Abrió los ojos y miró sus pálidas facciones en el espejo. ¿Por qué había pensado que no podía estarlo si Karim y ella hacían vida conyugal? Dormían juntos todas las noches y no recordaba una sola en la que no hubiese habido sexo.

Safiyah hizo una mueca. Esa era la terminología correcta. Porque no era hacer el amor para Karim. Era solo sexo. Conveniente, explosivo y satisfactorio. Y ella era tan débil que, en lugar de rechazarlas, anhelaba sus caricias.

Suspirando, se pasó una mano por el abdomen.

No había nada conveniente en aquel hijo. Sin embargo, a pesar de las circunstancias, lo quería. Dentro de ella crecía una nueva y preciosa vida y haría todo lo posible para protegerla. Sin duda Karim, que era maravilloso con su hijo adoptivo, también querría a aquel bebé.

No tenía miedo por el niño, que crecería con el amor de su padre y su madre, sino por ella misma. Traer otro hijo al mundo y saber que sería querido revelaba el contraste con su propia situación. Sin amor, como un medio para reforzar la reivindicación de Karim al trono.

Tenía que enfrentarse a la triste verdad. De nuevo, estaba esperando un hijo de un hombre que no la amaba, que nunca la amaría. Para Karim era un objeto de deseo, mientras durase la pasión, una anfitriona real y la madre de sus hijos.

¿Y qué podía hacer? ¿Exigir que la amase?

Una risa amarga escapó de su garganta. Eso solo revelaría sus sentimientos por él. No, no podía hacerlo, aunque solo fuese por amor propio.

No iba a abandonarlo, por supuesto. Tenía que pensar en Tarek y en el hijo que esperaba. Tenía que quedarse por ellos.

Daba igual que una vez hubiera tenido sueños románticos o que siguiera anhelando en secreto el amor de Karim. Tenía su respeto y su gratitud. Y, por el momento, también tenía su pasión.

Era hora de hacer lo que había hecho siempre: enterrar sus sueños en un sitio oscuro donde no pudiesen molestarla.

—¿Safiyah?

Ella se dio la vuelta. Karim estaba en la puerta y, de inmediato, sus sentidos despertaron a la vida. Verlo reforzaba su fatal debilidad.

¿A quién quería engañar? No era solo por sentido del deber, no era solo por su hijo. Sencillamente, no tenía fuerzas para alejarse del hombre al que amaba.

—¿Qué ocurre? —Karim atravesó la habitación en dos zancadas y tomó sus manos—. Estás muy pálida.

—Estoy bien. ¿Qué haces aquí?

—Sabía que pensabas ir a montar esta mañana y quería ir contigo, pero no has aparecido por los establos.

Safiyah hizo un gesto de decepción. Le habría encantado ir a montar con él y era halagador que hubiese cambiado su agenda de trabajo para estar un rato con ella.

«Porque aceptarás cualquier migaja, ¿no?».

Su vocecita interior hizo que se llevase una mano al abdomen.

—¿Qué te pasa?

Safiyah apenas había tenido tiempo de acostumbrarse a la idea, pero tenía que decírselo. Al fin y al cabo, Karim tendría que saberlo tarde o temprano.

En silencio, levantó la mano para mostrarle la prueba de embarazo.

—¿Estás embarazada?

Su voz sonaba tan ronca que apenas la reconoció.

«¡Embarazada!»

Karim experimentó una mezcla de sentimientos incomprensibles: orgullo, emoción, ternura. Miedo.

—¿Vamos a tener un hijo?

Safiyah esperaba un hijo suyo. No sabía si quería transmitir los genes de un padre desconocido a otra generación, pero... iban a crear una nueva vida.

—¿Estás enferma? Ven a sentarte. Tienes que descansar.

Safiyah se apartó, dando un paso atrás como si no quisiera que la tocase, y a Karim se le encogió el estómago. Su postura, los hombros echados hacia atrás, los ojos clavados en la pared, le devolvió a los primeros días de su matrimonio, cuando ella era tan infeliz.

Había empezado a pensar que estaban haciendo progresos. Ella parecía más contenta, más cómoda con él desde la crisis de su ilegitimidad. Y él disfrutaba de sus sonrisas, de su compañía, no solo en la cama, sino en cualquier otra ocasión. Creía que su matrimonio estaba empezando a funcionar.

Iba despacio, sin presionarla, contento de dejar que ella marcase el ritmo porque, después de haber cometido tantos errores, sabía que debía ir con cuidado. No esperaba milagros y tenía mucho por lo que compensarla, pero no podía estar tan equivocado. Sabía que Safiyah disfrutaba estando con él y su ternura no podía ser una mentira.

–¿Qué ocurre?

Ella lo miró entonces con expresión distante, como si hubiera interrumpido sus pensamientos. Luego, sin decir nada, salió del baño, atravesó el dormitorio y se sentó en el sofá del salón.

Karim quería abrazarla, pero se contuvo. Sirvió un vaso de agua mineral y se lo ofreció, notando que sus dedos estaban helados. ¿Por la sorpresa?

–No pareces contenta con la noticia.

Mientras que él, después de la primera impresión, sentía una felicidad que debía hacer un esfuerzo por contener. Safiyah estaba embarazada de su hijo y hasta las dudas sobre su habilidad para ser un buen padre habían desaparecido.

La vio tomar un sorbo de agua y dejar el vaso sobre la mesa con movimientos lentos y deliberados, como si temiese romperlo.

–Sé que no habíamos hablado de tener un hijo, pero…

–No pasa nada, Karim –Safiyah levantó la mirada y el terrible vacío que había en sus ojos sofocó su alegría–. Sé cuál es mi deber. Por eso te casaste conmigo, después de todo. Sabía que querrías un hijo, pero no esperaba que fuese tan pronto.

Karim no sabía qué decir. ¿Dónde estaba la apasionada mujer que él conocía? ¿La madre cariñosa, la comprensiva reina, la seductora esposa?

–¿No quieres a nuestro hijo?

Karim notó que le temblaba la voz, pero le daba igual. Se sentía como si lo hubiese golpeado.

–Pues claro que lo quiero, pero es que…

Safiyah apartó la mirada, pero Karim, cansado de barreras y distancias, le levantó la barbilla con un dedo.

—Dímelo. ¿Qué pasa?

—Es que necesito tiempo para acostumbrarme a la idea. Traer un hijo a un matrimonio como el nuestro... —Safiyah se encogió de hombros—. Déjalo, da igual. Son las hormonas del embarazo.

—No —insistió Karim, apretando su mano—. ¿Qué ibas a decir?

—Esto es lo que se espera de las mujeres en los matrimonios de conveniencia, que tengan herederos. Pero es que... es como si faltase algo.

Karim apretó su mano, pero tenía un nudo en el estómago. Era peor que la noche que descubrió que no era hijo de su padre. Porque era Safiyah, su Safiyah, estaba diciendo que él no era suficiente.

—No hables así.

—¿Por qué no? Es la verdad. Tú eres un buen hombre, Karim. Eres un buen gobernante y has sido maravilloso para Tarek, mejor de lo que yo hubiera esperado. No te preocupes, me acostumbraré con el tiempo.

Acostumbrarse. Como si fuese una obligación desagradable.

Tal vez lo era. Safiyah se había casado con él por Tarek y para salvar a su país. Se había casado por sentido del deber y, al principio, a él le había parecido estupendo. Pero ya no.

Karim se levantó de golpe, incapaz de permanecer sentado. Había pensado que, si se esforzaba, ella lo perdonaría por sus pasados errores, pero ahora, viendo su pálido rostro, se dio cuenta de que había hecho un sacrificio.

No podía soportar que viera su matrimonio como

una necesidad, un sacrificio, cuando para él era un regalo del cielo.

Decidido, clavó una rodilla en el suelo, tomó sus manos y las colocó sobre su corazón. No podía ignorar sus palabras como si no tuvieran importancia, aunque la alternativa significase arriesgarlo todo.

Sería la apuesta más importante de su vida, pero no podía fracasar.

—Nuestro matrimonio es mucho más que eso, Safiyah.

—Sé que Tarek...

—Aunque Tarek me importa mucho, no se trata de él. Ni siquiera se trata del hijo que esperas.

—Lo sé. Estás haciendo un trabajo maravilloso por mi país...

—No, tampoco es eso —la interrumpió Karim.

Ella levantó la cabeza para mirarlo a los ojos. Cuántas veces había mirado esos ojos aterciopelados brillando de placer mientras le hacía el amor. Cuántas veces los había visto brillando de alegría mientras montaban a caballo o cuando jugaban con Tarek.

—Yo quiero este matrimonio, Safiyah —le dijo, apretando las manos femeninas contra su corazón—. Te deseo, siempre ha sido así. Aunque fingiese lo contrario.

Era el momento de la verdad y resultaba más fácil de lo que se había imaginado. Le habían enseñado a evitar discusiones emocionales, como si la mera mención a los sentimientos mancillase su masculinidad. Qué estupidez. Se sentía más fuerte que nunca.

—Te quiero, Safiyah. Te quiero con todas las fibras de mi ser, con cada pensamiento, con cada aliento.

—No, por favor. No digas eso.

Safiyah intentó soltar sus manos, pero él se las sujetó.

–Es la verdad.

–No, no lo es. No quiero que me digas algo que no sientes.

Arrugó la frente en un gesto de dolor y algo en el pecho de Karim se arrugó también. No podía verla sufriendo de ese modo, así que la abrazó, apretándola contra su torso.

–Estoy siendo sincero, Safiyah. Por primera vez, estoy compartiendo mis verdaderos sentimientos –Karim hizo una pausa–. No sé cómo puedo compensar todo el mal que te he hecho, cómo puedo compensarte por haber pensado tan mal de ti cuando no tenía razones para hacerlo.

–Karim...

Él se incorporó para dejarse caer en el sofá y la sentó sobre sus rodillas. Le gustaba tenerla así, tan suave y cálida entre sus brazos. No quería soltarla nunca. Y debía de ser buena señal que ella no intentase apartarse.

–Estaba dolido porque te quería, aunque no quisiera admitirlo. Ya sé que esa no es excusa. Tú me necesitabas y yo te di la espalda.

Se le quebró la voz al imaginársela llorando por la muerte de su padre, temiendo por su hermana y enfrentándose a la idea de casarse con un extraño.

Karim no intentó enmascarar sus sentimientos. Su amor por ella lo llenaba de tal modo que estaba a punto de explotar.

–¿Lo dices de verdad?

Safiyah lo miraba con tal intensidad que se sentía desnudo. Era como enfrentarse con su conciencia.

–Lo digo de verdad, amor mío. Era un orgulloso y arrogante príncipe, acostumbrado a atraer a las mujeres, acostumbrado a los halagos y a que todo el mundo atendiese mis caprichos. Sabía que yo te importaba y nunca cuestioné mis propios sentimientos. De haberlo hecho, habría sabido que lo que sentía por ti era único, especial. Nunca me había importado tanto una mujer. Después, cuando te fuiste, era como si me hubiesen partido por la mitad, pero pensé que era el cambio en mis circunstancias –Karim sacudió la cabeza, asombrado de su estupidez–. No quería pensar en ti, sobre todo cuando supe que te habías casado con Abbas. Me dolía demasiado, pero quise creer que era mi orgullo herido porque, al final, no me habías querido.

–Pero te quería, Karim –murmuró Safiyah, apretando su mano.

«Te quería», en pasado. Le había importado una vez, pero ahora…

–Cuando fuiste a Suiza me porté como un imbécil. Intenté hacerte daño…

–Y lo conseguiste –dijo ella.

–He estado tan ciego, amor mío… He tardado tanto en darme cuenta de que tú eras la razón por la que quería venir a Assara… No porque quisiera la corona, sino porque quería estar contigo y ser tu marido.

Karim la miró a los ojos, buscando una señal de que ella compartía sus sentimientos.

–¿Viniste aquí por mí? ¿Porque me querías?

–Porque te amo, Safiyah.

–Karim…

Él vio que sus ojos se llenaban de lágrimas y la apretó contra su pecho.

–Ah, *habibti*. No, por favor, no puedo soportar verte triste.

¿Era posible que hubiera destruido los sentimientos que una vez había albergado por él?

–Qué tonto eres –dijo ella entonces–. Lloro porque me siento feliz.

–¿Feliz? –repitió él, mirando ese hermoso rostro, tan querido.

–Sí, feliz –asintió Safiyah–. Tienes mucho que aprender sobre las mujeres.

Karim no pensaba discutir. Era el primero en admitir que sus previas experiencias se habían limitado a encuentros casuales. Nada podía compararse con aquello.

–Cuéntamelo –murmuró, besando su mano.

–Te quise entonces y nunca he dejado de quererte.

–¿Y ahora? –le preguntó Karim, con el corazón en un puño. No se merecía su amor, pero lo necesitaba–. Puedo vivir sin la corona, sin cortesanos ni honores, pero no puedo vivir sin ti…

–Calla –lo interrumpió ella, poniendo un dedo sobre sus labios–. No tienes que hacerlo. Ahora nos tenemos el uno al otro –le dijo, echándole los brazos al cuello–. Te quiero. Siempre te he querido y siempre te querré.

Karim abrió la boca para decir algo importante, algo memorable. Pero, por primera vez en su vida, no encontraba las palabras, de modo que abrazó a su mujer y la besó, poniendo en aquel beso todo lo que guardaba en su corazón.

Y, en silencio, juró demostrarle cada día de sus vidas cuánto significaba para él.

Epílogo

SAFIYAH entró en el estudio y se detuvo abruptamente al ver a Karim frente a la ventana. Había sido un riesgo organizar esa reunión, pero ella creía que merecía la pena.

Karim había cambiado. Era un hombre feliz, positivo y cariñoso que no temía mostrar sus sentimientos. Especialmente desde el nacimiento de su hija, Amira. Adoraba a la niña y su relación con Tarek era más fuerte cada día. Y en cuanto a ellos dos… Karim era todo lo que siempre había anhelado.

Pero las sombras del pasado eran alargadas. No podía cambiar la infancia de su marido, pero esperaba al menos ser capaz de aliviar el dolor de no conocer a su verdadero padre. Por eso había buscado al amante de su madre, por eso lo había llevado allí. Pero al ver a su marido tan serio, tan inmóvil, se imaginó que la reunión no había ido bien.

–¿Estás solo?

Él se dio la vuelta y a Safiyah se le encogió el corazón al ver su expresión.

–Lo siento, Karim –se disculpó, corriendo para echarse en sus brazos–. Pensé que…

–Sé lo que pensaste, *habibti* –la interrumpió él, esbozando una sonrisa–. Que ya era hora de que hiciese las paces con el hombre que podría ser mi padre. Y tenías razón.

Karim la abrazó y luego señaló hacia la ventana. Un hombre alto salía del palacio en ese momento, con la cabeza erguida y un paso que le resultaba familiar. Se detuvo, como si hubiera notado que era observado, y miró por encima de su hombro. Karim inclinó la cabeza y el hombre hizo lo propio antes de alejarse.

—Pero… ¿se marcha?

—No, solo ha salido un rato para estirar las piernas. Necesitamos tiempo, así que ha aceptado mi invitación de alojarse unos días en el palacio para conocer a la familia.

El orgullo de su tono era innegable.

—¿En serio? Pero entonces…

—Tú tenías razón, es mi padre.

—¡Lo sabía! –exclamó ella–. Camina igual que tú y esa mandíbula… –Safiyah lo miró a los ojos– ¿Estás contento, Karim?

—Claro que sí –respondió él–. Mi padre no sabía nada sobre mí, no sabía que yo era su hijo. Y jura que mi madre tampoco lo sabía porque, de haberlo sabido, no me habría dejado en Za'daq.

Su padre no era lo que había esperado. Era un hombre serio y amable, maestro en un pueblecito de las montañas, dedicado a los niños a los que cuidaba como si fueran sus hijos, sin saber hasta unos días antes que tenía un hijo propio.

—Estaban muy enamorados, pero la familia de mi madre insistió en un matrimonio de conveniencia con el jeque porque un maestro de escuela no era suficiente. Estuvieron juntos solo una vez, unos días antes de la boda, un apasionado encuentro de despedida.

Karim pensó en el matrimonio de Safiyah con Abbas. Lo desesperada que debió de sentirse al saber que no podía escapar, que iba a entregarse a un extraño al que no quería. Safiyah le había dado una nueva perspectiva sobre su madre, una mujer atrapada en un matrimonio sin amor, como ella.

—Cuando nací, mi madre creía que era hijo del jeque. Y según mi padre —Karim hizo una pausa después de pronunciar esa palabra, emocionado—, por fin se marchó de Za'daq porque era muy infeliz. El abuso emocional se convirtió en abuso físico y temía por su vida, pero estaba convencida de que el jeque no nos pondría una mano encima porque éramos sus preciosos herederos.

—Ay, Karim… —Safiyah apretó su mano.

—Mi padre no sabía que ella había huido del palacio hasta que apareció en el pueblo. Cruzaron la frontera, pero solo estuvieron juntos un año antes de que ella muriese de una neumonía.

—Es terrible.

—Al menos tuvieron un año de amor.

—Te estás convirtiendo en un romántico, Karim.

—¿Cómo no voy a serlo si estoy contigo, *habibti*? Tú me has convertido en un romántico.

Safiyah sonrió.

—Pero tu padre… ¿nunca se casó?

Karim negó con la cabeza.

—Otra cosa que tenemos en común. Parece que somos hombres de una sola mujer.

—Adulador.

Karim abrazó a su esposa y deslizó la mano por las deliciosas curvas que destacaban bajo el vestido de color índigo. Aquella mujer era su vida, su hogar, todo lo que siempre había querido.

—Solo digo la verdad —murmuró—. Pero dicen que los actos hablan mejor que las palabras. Tal vez debe-

ría demostrarte mis sentimientos –agregó, empujándola suavemente hacia un diván.

–Tenemos un almuerzo oficial dentro de media
hora y…

–Algunas cosas son más importantes que los deberes oficiales, amor mío.

Safiyah se rio mientras la tumbaba en el diván.

–Tienes razón, cariño. Algunas cosas son más importantes.

Su mujer lo abrazó y Karim se olvidó de todo salvo
del deseo de demostrarle lo que sentía por ella.

Bianca

La fruta prohibida... ¡y las consecuencias de sucumbir a la tentación!

LA FRUTA PROHIBIDA

Carol Marinelli

Aurora Messina era todo lo que el cínico magnate Nico Caruso no debería desear: impulsiva, sensible... y parte del pasado del que intentaba distanciarse. Pero iba a trabajar en su nuevo hotel, y la explosiva química que había entre ellos hizo que se tambaleara su férrea capacidad de autocontrol y acabaran teniendo un tórrido encuentro sexual.

Poco después, Aurora descubrió que se había quedado embarazada. Sabía que Nico no quería casarse, ni formar una familia, porque todavía arrastraba ciertos traumas de su infancia. ¿Podría aquel hijo inesperado darle a Nico una razón para arriesgarlo todo?